Meurtre lors de la procession du gui

Un mystère Little Firling – Livre cinq

par Belinda Chavremootoo

Dédicace

Pour chaque chat qui a déjà résolu un mystère tranquillement avant que les humains ne le fassent.

Droit d'auteur du texte

Première édition

À propos de l'auteure

Belinda écrit des mystères stratifiés où la mémoire persiste, les paysages se souviennent et le silence parle plus fort que les mots. Ses histoires glissent entre le littéraire et l'intime, à la fois suspense atmosphérique et règlement de comptes silencieux. Enraciné dans un amour pour les îles, l'histoire et les vérités cachées, son travail invite les lecteurs à s'attarder dans l'entre-deux.

Elle croit que certaines terres portent en elles l'écho de tout ce dont elles ont été témoins – chagrin, joie, trahison – et que la nostalgie d'un lieu est un type d'histoire à part entière.

Elle écrit également des histoires sincères pour enfants qui murmurent du courage dans des cœurs tranquilles. Avec des coccinelles magiques, des chênes qui sauvent des histoires et des petites filles courageuses comme Maia, Belinda espère aider les jeunes lecteurs à trouver leur propre voix et à l'utiliser avec audace.

Lorsqu'elle n'écrit pas, Belinda s'occupe de son jardin, guidée par le bruissement des feuilles, l'odeur de la terre et la compagnie tranquille de deux chats qui semblent toujours en savoir plus qu'ils ne le disent.

À venir...

Le meurtre en trois mouvements

Un mystère Little Firling — Livre six

Little Firling est prêt à accueillir le printemps avec des guirlandes fleuries, des rubans enchevêtrés et une rivalité amicale qui est tout sauf amicale.

Mais lorsque Julian Parrish, chouchou du festival, tombe raide mort sous une tente de soies et de secrets, la célébration s'effondre.

Des chuchotements commencent à tourbillonner :

Était-ce la pression de la concurrence ? Une rancune romantique ?

Ou quelque chose de bien plus dangereux, enterré au plus profond du verger et attaché avec un ruban que personne n'ose démêler ?

Annabel, Evie et Perséphone sont de retour, armées de questions, de thé et d'un nombre croissant de suspects.

Parce que dans un village où le passé est toujours en fleurs...

L'un d'eux a disparu.

L'un d'eux a prévenu.

L'un d'eux a regardé.

Et maintenant, la vérité est prête à s'épanouir.

Avec:

- Un mât enrubanné avec plus de tension qu'un ruban

- Un secret trop lourd pour l'air printanier

- Et un chat avec des griffes visant la justice

Table des matières

Prologue

Elle plia la réponse enrubannée dans la poche intérieure de son manteau.

Puis, elle regarda une dernière fois autour de la chapelle, ignorant que quelqu'un d'autre était déjà à l'intérieur.

Qu'une bougie avait brûlé plus longtemps que les autres.

Qu'un courant d'air froid s'enroulait sous la porte.

Qu'une ombre n'ait pas attendu qu'elle parte...

Mais elle était venue pour elle.

Tranquillement.

Soigneusement.

Lorsque les portes de la chapelle se sont rouvertes, ce n'est pas Agnès qui les a déplacées.

Dehors, la neige tombait doucement.

La couronne de gui était toujours dans sa main.

Et dans le givre derrière elle...

Empreintes.

Mais un seul ensemble.

Avant la chute de la neige, il y a eu un moment de calme. Et tous les secrets étaient toujours en place.

Chapitre 1

La première neige est tombée comme si elle avait attendu poliment toute la matinée.

Elle n'a pas recouvert le village de drame, juste un voile doux sur les toits, les haies et le bout des bottes à l'extérieur de la chapelle. Le genre de neige qui murmurait : *bientôt.*

Agnès Thorne se tenait sous l'arche de la porte de la chapelle, une main gantée posée sur la pierre froide. Elle n'attendait personne en particulier. Elle aimait juste voir la neige arriver.

À soixante-treize ans, Agnès se déplaçait plus lentement qu'elle ne l'avait fait auparavant, mais il y avait quelque chose dans son immobilité qui incitait les gens à l'écouter. Elle avait vécu à Little Firling assez longtemps pour faire partie de son tissu – le genre de personne dont le nom apparaissait dans des histoires racontées par trois générations, souvent dans le même souffle.

Elle portait un manteau gris anthracite avec un châle prune soigneusement rangé sous le col, sa broche – la même épingle de houx givrée qu'elle portait chaque mois de décembre – scintillant sur son épaule. Ses cheveux blancs étaient tordus en un chignon qui avait survécu à mille coups de vent d'hiver et à mille autres répétitions.

Aujourd'hui, c'était sa dernière.

Non pas qu'elle l'ait dit. Les gens le sauraient. Agnès avait été l'esprit de la saison pendant trente-sept ans. Elle avait mené plus de processions que quiconque ne pouvait en compter, tissé à la main plus de couronnes de gui que les arbres du village ne pouvaient pousser. Cette année, elle transmettrait le rôle. Tranquillement. Gracieusement.

Mais pas aujourd'hui.

Aujourd'hui, c'était la répétition.

Et la répétition était importante.

« Bonjour, Agnès », appela Nora depuis la librairie, les bras chargés de feuilles de cantiques et de tartes à la viande hachées à peine équilibrées. « Tu es là tôt. »

« J'aime ouvrir les portes de la chapelle », répondit Agnès avec un doux sourire. « Cela permet à la chaleur de se rappeler comment se frayer un chemin. »

Des rires d'enfants résonnaient à travers le vert alors que le Cercle les perce-neiges se précipitait vers la chapelle, foulards de travers et paillettes accrochées à tout. Rosie courut en avant, traînant une étoile de papier ; Théo la suivit, marmonnant pour lui-même à propos de lignes oubliées. Millie, James et Pippa les rejoignirent peu après, leur souffle s'embuant dans l'air comme la fumée de lanternes invisibles.

Agnès saluait chaque enfant par son nom. Sa voix était douce, mais sa présence calmait même l'écharpe la plus tapageuse.

Elle se retourna juste au moment où la cloche de la chapelle sonnait un seul coup.

Pas l'heure.

Juste... Un.

Et c'est là qu'elle l'a vue.

Perséphone.

La chatte traversa silencieusement le chemin, la queue haute, le pelage noir tacheté de flocons de neige comme si elle avait été embrassée par l'hiver. Elle s'arrêta aux pieds d'Agnès et leva les yeux, un long clignement des yeux, puis un autre.

Agnès s'agenouilla lentement.

« Tu es en avance aussi. »

Perséphone cligna de nouveau des yeux. Puis, sans cérémonie, elle trotta à l'intérieur.

Agnès se leva avec une grimace qu'elle ne montra pas. Ses doigts planèrent un instant près de la poche de son manteau, puis se laissèrent tomber. Elle suivit la chatte dans la chapelle.

***

À l'intérieur, la chapelle brillait.

Pas brillamment, mais d'une façon constante. La lumière des vitraux éclaboussait de couleur le sol de pierre, les saints regardant comme ils le faisaient toujours, silencieux, fracturés, en attente.

Un groupe d'enfants étaient assis en tailleur près des bancs avant, serrant des biscuits à moitié mangés et des engins en forme d'étoile qui ressemblaient à des galaxies en fusion.

Chaque hiver, juste avant la procession, Agnès rassemblait son *cercle de perce-neige* – toujours une poignée, jamais plus de cinq – pour ce qu'elle appelait *l'installation saisonnière*.

« Nous préparons le cœur avant de préparer les bougies », avait-elle dit un jour.

Le cercle de cette année s'est tortillé, s'est tu et a attendu.

« C'est à ce moment-là que nous faisons le vœu ? » murmura Rosie.

Agnès sourit.

« Les vœux ne peuvent pas être faits à la demande. Ils doivent être prêts. »

Et les enfants ont hoché la tête comme s'ils comprenaient.

Parce qu'avec Agnès... Ils l'ont toujours fait.

***

Les portes se sont rouvertes. Une brise suivit.

« Désolées, désolées, nous ne sommes pas en retard, d'accord, nous sommes un peu en retard », a appelé Annabel, tenant en équilibre un plateau de muffins aux canneberges comme une serveuse dans un pub festif. Evie traînait derrière elle, mangeant un croissant et prétendant qu'il n'était pas légèrement congelé.

Perséphone trotta vers elles puis vira à gauche, sautant sur le rebord de la fenêtre comme une sainte en fourrure.

Annabel sourit à Agnès, qui hocha la tête une fois, et se remit à nouer un ruban sur la couronne de gui.

« Est-ce que c'est juste moi, » murmura Evie, « ou semble-t-elle... Je ne sais pas. Plus silencieuse ? »

« Elle est toujours silencieuse », a déclaré Annabel.

« Non », a répondu Evie. « C'est différent. C'est comme si elle n'était déjà plus qu'un demi-souvenir. »

Avant qu'Annabel ne puisse répondre, Barbara Ellington s'éclaircit la gorge près de l'autel.

« Si je pouvais avoir l'attention de tout le monde, juste brièvement ! »

L'ambiance a changé. Même les bougies se sont préparées.

« Cette année », a déclaré Barbara, « nous introduisons un nouvel élément dans la procession. Une boîte à souhaits. N'importe qui peut y déposer un espoir ou un souvenir saisonnier, qui sera scellé et déposé aux pieds de la Vierge Marie et de l'Enfant. »

Gémissements. Froissement. Un seul soupir s'échappa de la tribune du chœur.

Barbara continua, le menton haut.

Agnès ne dit rien.

Elle regardait la statue en question.

La Vierge se tenait au cœur de la chapelle, les mains berçant l'enfant, les yeux doux et impénétrables. La pierre en dessous était usée par les baptêmes, les communions, les mariages, les funérailles et les prières chuchotées à travers la douleur de la vie.

La chapelle était vieille.

Elle se souvenait de tout.

***

À l'arrière, près de l'ombre, Grace Merrick regardait tout se dérouler.

Elle n'avait pas l'intention de rester si longtemps.

Elle n'avait pas du tout l'intention de rester.

Mais alors elle vit Agnès. Et les paroles de son père revinrent comme une chanson oubliée.

« Elle a rendu le monde plus doux. »

Elle ne savait pas si elle croyait en la mémoire.

Mais en regardant Agnès maintenant, sa main dérivant sur une couronne de gui qu'elle avait probablement nouée dans son sommeil, elle sentit quelque chose s'installer et lui faire mal à la poitrine.

Pas la peur.

Pas de menace.

Juste le sentiment silencieux et terrible qu'elle *était déjà trop tard.*

***

La répétition s'est terminée par des applaudissements doux et quelques incidents liés aux paillettes.

Les gens se sont éclipsés petit à petit.
Les bougies ont été éteintes. Robes
pliées. Les chansons fredonnaient puis
s'oubliaient.

Annabel a aidé Nora à rassembler des
partitions. Evie saisit deux tartes
supplémentaires et fit un clin d'œil à un
bambin avec des ailes de fée.

Il ne restait qu'une seule personne.

Agnès se tenait debout sur les bancs,
son châle sur un bras, les yeux fixés sur la
statue.

La chapelle était maintenant
silencieuse.

Elle s'est assise.

Sa main plongea dans la poche de son
manteau.

Elle a touché la lettre enrubannée.

Elle ne l'a pas retiré.

Elle n'en avait pas besoin.

Demain, pensa-t-elle.

Un miracle. Un seul.

Dehors, la sonnette sonna une fois de plus.

L'angélus.

Chapitre 2

Rosie Harrington ne pouvait marcher lentement que pendant exactement cinq minutes à la fois.

Après cela, son corps se mettait instinctivement à galoper, à virevolter ou à sprinter complètement, généralement au moment le plus inopportun.

« Rosie ! » a appelé sa mère, un peu essoufflée, très amusée. « Reste là où nous pouvons te voir, mon amour ! »

Mais Rosie tournait déjà du côté de la chapelle, la neige craquante doucement sous ses bottes.

C'était la première vraie neige de la saison. Pas seulement du givre ou des rafales – de *la vraie neige*, du genre qui s'est installée et a adouci le monde comme si une histoire était sur le point de commencer.

Le chemin latéral était étroit et sinueux, encadré par des murs de pierre bas et des parterres de fleurs d'hiver à moitié enterrés. Rosie l'aimait mieux parce que personne d'autre ne l'utilisait jamais. C'était comme si c'était sa piste secrète vers quelque chose d'important.

La porte latérale de la chapelle se trouvait dans une petite alcôve, sous l'ombre voûtée d'un vitrail. Un banc incurvé le long du mur à proximité – les gens s'y asseyaient au printemps pour sentir le soleil, ou en été pour se reposer après les mariages. En hiver, il attendait.

C'est alors qu'elle a vu le châle.

Il était allongé sur la deuxième marche. Couleur prune. Un peu humide sur les bords. La neige s'y déposait comme du sucre en poudre.

« Mademoiselle Agnès ? »

Elle l'a dit doucement, non pas parce qu'elle avait peur, mais parce que le moment lui semblait enveloppé de calme.

Elle s'approcha.

Et a vu les chaussures.

Juste sous le banc.

Et puis la couronne de gui – inclinée et son ruban traînant vers la marche en dessous.

Rosie s'arrêta de bouger.

Son souffle se bloqua dans sa poitrine.

Mlle Agnès était assise – ou peut-être affalée – contre le mur de la chapelle, les mains posées sur ses genoux, la tête légèrement inclinée comme si elle avait regardé le ciel quand ses yeux se sont fermés.

Elle n'avait pas l'air froide.

Elle n'avait pas l'air blessée. Elle ressemblait à une statue.

Ou un rêve qui s'était plié dans la neige.

Le châle était à côté d'elle. *Non utilisé. Non emballé.* Juste... là.

La neige tombait toujours, légère et régulière, frôlant son manteau, s'accrochant aux plis de la couronne de gui.

Rosie regarda fixement.

Elle dort, pensa-t-elle.

Elle est juste très fatiguée.

Mais Mlle Agnès ouvrait toujours les yeux quand Rosie parlait.

Toujours.

La voix de Rosie sortit comme du papier. — « Mademoiselle Agnès ? »

Rien.

Rosie cligna des yeux. Elle sentit monter dans sa gorge quelque chose qui ne ressemblait pas à des mots.

La cloche a sonné une fois, une seule fois, depuis la place.

Et Rosie a crié.

***

Au moment où les parents de Rosie atteignirent les marches, elle était recroquevillée contre le mur, le visage blanc comme du givre, ses mains tremblantes.

« Rosie ? » murmura sa mère, tombant à genoux, l'attirant contre elle.

Son père planait derrière eux, silencieux, les yeux fixes.

Parce que maintenant ils la voyaient aussi.

Agnès Thorne.

Immobile.

Sa peau était froide, ses lèvres pâles. De la neige qui s'accrochait à ses manches, à ses cheveux, à ses cils.

La couronne de gui s'inclinait doucement près de ses pieds.

La mère de Rosie haleta, puis détourna rapidement le regard, comme si en ne voyant pas, elle pouvait défaire ce qui avait été vu.

« Elle est juste... », commença son père, puis s'arrêta.

Il n'y avait pas de mot pour ça. Pas encore.

Et puis quelqu'un d'autre est arrivé en courant.

Un villageois de la place, manteau déboutonné, foulard à moitié, les yeux écarquillés.

« Que s'est-il passé ? »

La mère de Rosie essaya d'expliquer, mais sa voix était glacée.

« Elle est partie », a chuchoté quelqu'un.

Et c'est à ce moment-là que les autres sont arrivés.

Plus de bruits de pas. Plus de bottes de neige qui craquent. D'autres questions traînent derrière eux comme le souffle dans le froid.

« N'était-elle pas juste à la répétition ? »

« Elle avait l'air bien... »

« C'est le froid, probablement. Pauvre amour. »

« Elle semblait figée. Comme si elle était déjà là depuis des heures. »

« Elle était vieille. C'était son heure. »

« Au moins, c'était paisible. »

« Elle a toujours aimé cette chapelle. »

« Peut-être qu'elle voulait partir là. »

« Elle n'aurait pas souffert. Pas de douleur. Juste... »

« Dormant simplement. »

Les mots flottaient comme des flocons de neige.

Mou. Bien intentionné. *Faux.*

***

Annabel entendit l'agitation à mi-chemin de la ruelle et commença à marcher plus vite, puis à faire du jogging.

Perséphone était devant elle.

Queue haute. Aucune hésitation.

Et quand Annabel a tourné le coin et a vu le groupe de personnes autour des marches latérales, son cœur a fait quelque chose qu'il n'avait pas fait depuis des années.

Il a chuté. Tranquillement. Comme une bougie qui s'éteinte.

Elle n'a pas réussi à se frayer un chemin. Elle n'en avait pas besoin. Perséphone était déjà là, assise près de la couronne de gui. Sans la toucher. Sans cligner des yeux. Juste en train de regarder.

***

Les murmures s'adoucissaient maintenant.

Plus de questions.

Juste du chagrin, remodelé en confort.

« Elle était vieille. »

« C'était paisible. »

« Comme elle l'aurait voulu. »

Annabel resta immobile ; les mains froides malgré ses gants.

Perséphone n'avait pas bougé.

Elle s'assit au bord des marches, la queue soigneusement recroquevillée, les yeux fixés sur la couronne de gui.

Puis vint la voix. Bas. Calme. Indubitable.

« Elle n'aurait pas quitté son châle. »

Annabel se retourna.

Benedict Harper se tenait derrière elle, le manteau boutonné jusqu'au cou, l'écharpe serrée, les mains rentrées dans des gants de laine raisonnables. Il n'était pas voûté comme la plupart des hommes de son âge. Il se déplaçait comme quelqu'un *qui porte ses pensées avec soin.*

« Elle était toujours prudente », a-t-il dit en s'avançant.

« Ce châle était un cadeau. Porté tous les ans. Épinglé juste comme ça. »

Il n'a pas regardé la foule.

Son regard se porta sur Agnès.

Puis à la couronne.

Puis au châle.

« Et elle n'est jamais restée assise dehors aussi longtemps. Pas en hiver. Pas avec ses articulations. »

Annabel lui jeta un coup d'œil de côté.

« Tu penses que quelque chose ne va pas. »

Il n'a pas répondu immédiatement.

Perséphone cligna des yeux.

Alors Benedict dit doucement : « Je pense que les gens veulent que sa mort ait un sens.

Et je pense qu'Agnès n'aurait pas rendu les choses faciles. »

Chapitre 3

La chapelle sentait la cire d'abeille et les lys froids.

Pas le genre réconfortant, *le genre qui signifiait que quelque chose avait pris fin.*

Barbara Ellington était assise à la longue table de chêne, sa plume posée comme un sceptre. Son agenda était ouvert, son écharpe rentrée dans son manteau de tailleur et une petite assiette de sablés intacts se trouvait entre elle et le vicaire.

« Nous aurons les funérailles dans trois jours », a-t-elle dit fermement. « Cela donne à tout le monde le temps de se préparer. »

En face d'elle, le révérend Harrow joignit les mains et ne dit rien. Ses sourcils se contractèrent en signe de protestation, mais il ne parla pas.

Annabel était assise près du bout de la table, une main autour d'une tasse de thé refroidie. Evie se tenait près de la porte, les bras croisés, le manteau toujours enfilé, résistant clairement à l'envie de fuir.

« Je pense juste », dit doucement Annabel, « que nous devrions être sûrs qu'Agnès l'aurait voulu si tôt. »

Barbara sourit sans chaleur.

« Chère Annabel, personne ne connaît mieux les souhaits d'Agnès que la communauté. »

« Sauf Agnès », murmura Evie.

Barbara l'ignora. Elle tourna une page de son agenda avec la netteté de quelqu'un qui manipule quelque chose de fragile mais fatigant.

« Elle n'avait pas de famille proche. Aucun testament n'a été enregistré. Et elle aurait voulu que le cortège ait lieu. Elle me l'a dit l'année dernière : « La tradition avant tout. » Ce sont ses mots exacts. »

« Êtes-vous sûr qu'elle voulait dire *cette* tradition ? » demanda Annabel.

La pièce resta immobile pendant une demi-respiration.

Barbara redressa le dos.

« Agnès a été l'esprit de la saison pendant près de quatre décennies. Elle était le cœur de Little Firling. Et les cœurs méritent une cérémonie, pas une spéculation. »

« Personne ne spécule », a déclaré Evie.

« Nous ne savons pas encore tout. »

« Nous le savons rarement », dit tranquillement le vicaire. « Mais nous honorons ce que nous pouvons. »

Barbara lui sourit comme s'il était un petit chien qui avait aboyé poliment.

« Nous aurons des chandelles, des hymnes de saison, une lecture de son chant de Noël préféré... »

« Lequel était-ce ? » a demandé Evie.

« Eh bien, je... elle... *Douce Nuit,* je crois. »

« Elle détestait *Douce Nuit* », murmura Annabel.

Perséphone, qui s'était glissée sans se faire remarquer, sauta sur le rebord de la fenêtre derrière eux et renversa un pot de houx séché. Personne n'a bougé pour l'arrêter.

« Nous lui dédierons aussi le cortège », continua Barbara, essuyant un peu de poussière sur son manteau. « Une seule bougie sera portée à sa place. Symbolique. Poétique. Guérison. »

Annabel regarda la couronne de gui sur la table d'appoint.

Elle était toujours là où on l'avait laissé. Un ruban traînant. Il manquait un brin.

Elle ne pouvait pas détourner le regard.

***

Le vent à l'extérieur de la chapelle avait des dents.

Annabel serra son écharpe plus étroitement en descendant le chemin. Evie marchait à ses côtés, les mains enfoncées dans les poches de son manteau, marmonnant dans sa barbe à propos de la bureaucratie ou d'hymnes ou des deux.

Elles restèrent silencieuses un instant.

Le ciel était de la couleur de l'étain non poli, et la neige qui avait commencé la veille s'était transformée en une fine gadoue boueuse qui s'accrochait aux bottes et à la mauvaise humeur.

« Trois jours », a finalement dit Evie.

« Parce que rien n'est plus respectueux que de précipiter quelqu'un au sol. »

« Ce n'est pas un manque de respect », a dit Annabel doucement. « C'est la peur. Personne ne veut rester assis à attendre. »

« Ouais, bien. Ils devraient l'essayer un jour. Cela forge le caractère. »

Elles passèrent devant le jardin latéral de la chapelle, où les fleurs de la veille avaient déjà commencé à se faner sous le gel. La couronne de gui se trouvait à l'intérieur de la chapelle, sur le rebord de la fenêtre, derrière la vitre. Elle avait l'air plus petite d'une certaine manière. Ou tout simplement plus solitaire.

« Tu penses à nouveau à la couronne », a déclaré Evie.

Annabel ne répondit pas.

Parce qu'elle l'était.

Parce que *quelque chose n'allait pas.*

***

Elles atteignirent le bord du green juste au moment où Nora fermait la librairie, tenant en équilibre un sac en papier rempli de clémentines et une petite pile de livres de cantiques sous un bras.

« Vous avez l'air d'avoir été nourries trop tôt avec du pudding aux figues », a-t-elle dit, joyeuse mais fatiguée.

« Nous venons de sortir de la réunion de planification », a répondu Annabel.

« Ah. Ça suffira. »

Nora jeta un coup d'œil vers la chapelle. Son expression s'adoucit.

« Barbara a de bonnes intentions, mais elle oublie que les gens sont des personnes avant d'être des héritages. »

« Elle a dit qu'Agnès voulait que le cortège continue », a déclaré Evie. « Que c'était son dernier souhait. »

Nora eut un petit rire, pas cruel, juste... Amusé.

« Agnès m'a dit la semaine dernière qu'elle pensait que tout cela devenait trop gros. Elle a dit qu'il avait perdu son but. »

Annabel cligna des yeux.

« Elle a dit ça ? »

« Mm-hm. Et que si quelqu'un essayait de transformer ses funérailles en photo publicitaire, elle reviendrait les hanter. Tranquillement. Avec des courants d'air. »

Evie renifla.

Annabel ne l'a pas fait.

« Pourquoi Barbara mentirait-elle ? » demanda-t-elle.

« Barbara ne ment pas », a déclaré Nora. « Elle se souvient des choses comme elle le veut. »

Perséphone apparut de derrière une boîte aux lettres, la queue haute, la fourrure tachetée de givre.

Elle marcha entre eux sans un bruit, puis s'assit.

Et elle regarda fixement la chapelle.

Comme si elle venait de lui dire quelque chose que personne d'autre n'écoutait.

***

Elles étaient à mi-chemin de la place quand la voix les arrêta.

« Elle détestait Douce nuit. »

Annabel se retourna la première.

Grace se tenait sous la lanterne près de la boulangerie, le manteau boutonné jusqu'au cou, les mains rentrées dans les manches comme si elles ne lui appartenaient pas tout à fait.

Elle ne s'approcha pas.

Elle n'a pas beaucoup cligné des yeux non plus.

« Elle a dit que c'était comme la fin de quelque chose au lieu d'un début. »

Evie leva un sourcil.

Annabel cligna des yeux.

« Étais-tu à la réunion ? » a-t-elle demandé.

Grace secoua la tête.

« Ce n'était pas nécessaire. Je savais ce qu'ils diraient. »

Elle regarda au-delà d'elles, vers la chapelle.

Puis elle ajouta, presque trop doucement pour entendre :

« Ils ne la connaissent pas. »

« Et tu la connaissais ? » Demanda Evie, prudente mais vive.

Grace n'a pas répondu à cela.

Elle regarda simplement Annabel.

Et elle a dit : « Elle ne serait pas sortie sans son châle. »

Puis elle s'est éloignée.

Pas vite.

Tout comme quelqu'une *qui n'avait pas besoin de rester pour être sûre d'avoir été entendue.*

***

Evie attendit que Grace ait disparu devant la boulangerie.

« Qui est-elle ? » demanda-t-elle à voix basse.

Annabel expira.

« Je ne sais pas. Elle était à la répétition. Tranquille. Tout en regardant Agnès tout le temps. »

« Les gens regardent Agnès tout le temps. Cela ne veut pas dire qu'ils la *connaissent.* »

Evie a donné un coup de pied dans une plaque de neige avec un peu plus d'agressivité que nécessaire.

« On ne se contente pas d'avancer, de laisser tomber un fait comme ça, puis de disparaître comme une fée des neiges tragique. »

Annabel ne répondit pas. Elle pensait toujours à la couronne de gui. À propos de la branche manquante.

Et maintenant... le châle.

***

La chaleur les frappa avec une vague de lavande, de fumée de bois et la faible trace de pain grillé brûlé qu'Evie avait causé ce matin-là en entrant dans le cottage de Honeystone.

Annabel posa doucement la couronne sur la table de la cuisine.

« Si elle était écrasée, dit-elle, nous pourrions blâmer la chute. Mais ce n'est pas le cas. Et ce n'était pas sur sa tête. »

« Je pense toujours qu'elle a l'air maudite », marmonna Evie en retirant ses bottes. « Mais j'ai l'instinct d'enquêteur d'une masse. »

Annabel se pencha, passant ses doigts le long du cadre tissé.

Un ruban s'est effiloché.

Un brin de gui s'est cassé, *non pas cassé*, mais *tordu*.

Pas tombé.

Enlevé ?

Elle ne l'a pas dit à haute voix.

Mais Perséphone sauta sur le rebord de la fenêtre, s'étira... et sauta par terre.

Avec une intention absolue.

« Si tu la fais tomber de la table, je vous jure... » commença Evie.

Mais Perséphone n'a pas cherché à remporter la couronne.

Elle s'est dirigée vers le petit buffet près de la vitre arrière, a reniflé...

... puis a mis une patte sous le bord.

Un pli.

Un léger bruissement de papier.

Annabel ouvrit le tiroir.

À l'intérieur, entre une pile de serviettes inutilisées et une bougie d'anniversaire en forme de chiffre sept...

Une enveloppe pliée.

Pas les leurs.

« Ce n'était pas là ce matin », murmura Annabel.

Evie leva un sourcil.

« Tu es sûr que Perséphone ne l'a pas falsifié ? On dirait qu'elle prend les devants sur ce point. »

***

Annabel tenait l'enveloppe comme si elle risquait de s'effondrer si elle respirait trop fort.

Elle était molle à cause de la manipulation. Pas neuve.

Les bords étaient légèrement tachés de ce qui aurait pu être de la farine, de la craie ou le genre de poussière que seules les vieilles histoires laissent derrière elles.

Son nom n'y figurait pas.

Il n'y avait pas d'adresse.

Juste une petite fioriture au centre de l'enveloppe.

« À donner seulement si elle le demandait. »

Evie se pencha.

« Oh, ce n'est pas inquiétant du tout. »

« C'est l'écriture d'Agnès », murmura Annabel.

Elle l'ouvrit avec précaution.

À l'intérieur se trouvait une seule feuille, pliée en deux, sans plis sauf celui du milieu. Pas de dates. Juste... des mots.

Nets. Mesurés. Significatifs.

Elle l'a lu à haute voix.

« Si cela te trouve, c'est que je n'ai pas pu me résoudre à lui demander. Et c'est de ma faute.

Il y a des choses que je n'ai pas dites. Et quelqu'un peut encore venir chercher la vérité.

Si elle le fait... Soyez gentilles. Elle est plus empêtrée dans cela qu'elle ne le pense.

Et rappelez-lui que les gens peuvent aimer de plus d'une façon.

Mais pas toujours en même temps. »

Le silence qui s'ensuivit semblait plus lourd que la neige à l'extérieur.

Annabel replia soigneusement la lettre et la posa sur la table de la cuisine à côté de la couronne de gui.

Evie versa le thé dans deux tasses dépareillées et en posa une avec un bruit sec.

« Alors, dit-elle en se laissant tomber dans la chaise en face d'elle, nous pensons que la fille au châle est la femme mystérieuse de la lettre ? »

Annabel fixa le feu pendant un moment.

« Nous ne le *savons* pas. »

« Non, mais tu le *veux*. »

« Je viens de... »

Elle expira.

« Elle regardait Agnès comme elle la connaissait. Elle savait au sujet de Douce nuit. Et le châle. Et la façon dont elle l'a dit, comme si ce n'était pas juste une observation. Comme si ça *faisait mal.* »

Evie sirota son thé et grimaça légèrement.

Trop chaud.

« Cela aurait pu être un coup de chance. Ou elle était proche de quelqu'un d'autre qui connaissait Agnès. Il y a des gens dans ce village qui ont des opinions sur Agnès mais qui n'ont pas pu la repérer parmi une série de saints en vitrail. »

« Mais la lettre disait qu'*elle* pourrait venir la chercher », murmura Annabel.

« Et si elle le fait, soyez gentilles. »

Evie leva les yeux.

« Tu crois qu'elle est liée à Agnès... quoi ? Petite-fille ? Mentorée secrète ? Fille illégitime voyageant dans le temps ? »

« Je ne sais pas. Mais elle n'était pas seulement... *là*. Elle regardait. *Attendait.*

Et maintenant, elle est en deuil comme quelqu'un qui a raté sa chance. »

Evie se pencha en arrière et fixa le plafond.

« D'accord. Disons que tu as raison.

Elle est connectée. Elle était censée entendre la vérité. Cela ne veut pas dire qu'elle *nous* a tout dit. »

Annabel baissa de nouveau les yeux sur la lettre. Le bout de ses doigts effleura le bord du papier comme s'il était encore chaud.

« Si elle faisait partie de la vérité qu'Agnès n'a jamais dite... Alors peut-être que la personne qui a fait ça ne voulait pas qu'elle la trouve. »

***

Le feu crépita.

La lettre se trouvait entre les tasses.

La couronne de gui reposait sur un torchon - pliée, fragile, inégale, légèrement affaissée d'un côté, comme si elle avait perdu son centre de gravité.

Perséphone était restée perchée sur le rebord de la fenêtre pendant tout ce temps. Attentive.

Jugeait.

Complotait, probablement.

Maintenant, elle sautait à terre avec un léger bruit sourd et trottait sur le sol avec ce mélange caractéristique d'*élégance et de menace.*

Evie la regarda de côté.

« Si elle fait tomber cette couronne de la table à nouveau, je vais faire une mutinerie. »

Mais Perséphone ne l'a pas fait tomber.

Elle fit le tour de la table.

Elle a reniflé la couronne une fois.

Puis elle battit très doucement le ruban à sa base. Pas de manière ludique. *Avec intention.*

La branche de gui cassée, *toujours mal rangée dans le cadre*, se déplaça.

Annabel se pencha vers l'intérieur.

« Attends... »

Elle tendit la main et souleva soigneusement le brin de sa boucle tissée.

La fin n'était pas seulement tordue.

C'était…

Propre. Cassure délibérée.

Et…

Il y avait quelque chose caché à l'intérieur du minuscule nœud de ruban.

Un *bout de papier.*

Plié. Minuscule. Caché profondément.

Evie avait l'air de regarder un magicien sortir des colombes des torchons.

« D'accord, pourquoi cette couronne a-t-elle *des intrigues secondaires*? »

Annabel déplia lentement le reste.

Ce n'était pas une lettre.

Juste une seule ligne. Écrit avec ce qui ressemblait à un crayon de fusain.

« *Certaines choses ne fleurissent qu'une seule fois.* »

Chapitre 4

Grace n'avait pas l'intention de marcher à nouveau jusqu'au bord du green.

Ses bottes ne faisaient aucun bruit sur la neige, et ses mains étaient devenues froides depuis longtemps, mais elle n'allait pas plus vite. Elle n'avait nulle part ailleurs où elle devait y être.

Elle n'est pas restée à l'auberge. Trop de questions. Trop d'yeux.

Au lieu de cela, elle avait trouvé un petit appartement au-dessus du magasin de fleurs, loué pendant l'hiver par une femme qui était allée vivre avec son fils dans le Devon. La fenêtre donnait sur la place.

De là, elle pouvait voir la chapelle.

Et le banc où ils l'avaient trouvée.

Agnès.

Elle ne pouvait toujours pas prononcer le nom à haute voix.

Pas comme son père l'avait fait.

***

Elle avait grandi en entendant des morceaux d'Agnès Thorne comme certains enfants entendaient les contes de fées.

Pas des histoires complètes, juste *des gestes.*

Un nom prononcé trop doucement.

Un silence après une certaine chanson.

La façon dont son père regardait de vieilles photos comme s'il avait perdu quelque chose que l'image ne pouvait pas garder.

« Elle a rendu le monde plus doux », avait-il dit un jour.

« Mais seulement si vous la laissez faire. »

Grace ne lui avait pas demandé ce qu'il voulait dire.

Elle a toujours eu l'intention de le faire.

Il est mort avant qu'elle ne puisse le faire.

***

Maintenant, elle était ici, dans un village qui ressemblait à une carte postale, *regardant le chagrin se déplacer comme un brouillard dans les rues pavées.*

Ils ne la connaissaient pas.

Certains l'ont regardé avec bienveillance.

Certains avaient l'air curieux.

Certains ne l'ont pas regardé du tout.

Et puis il y avait les deux femmes de la répétition.

Ceux qui l'ont vue observer Agnès.

Elle n'avait pas voulu parler.

Les mots sont venus.

« Elle détestait Douce nuit. »

Elle ne savait même pas comment elle s'en souvenait.

Elle savait seulement que c'était vrai.

***

Elle était maintenant assise près de la fenêtre, une tasse de thé refroidissant à côté d'elle, intact.

Elle n'avait rien déballé.

La seule lettre qu'elle avait apportée, *celle de son père,* était restée pliée dans la poche de son manteau. Toujours non lue.

Elle ne pouvait se résoudre à la regarder.

Pas encore.

Pas sans... *quelque chose.*

***

Un coup frappé à la porte rompit le silence.

Pas bruyant.

Juste... régulier.

Comme si quelqu'un avait attendu le bon moment pour poser une question.

Elle n'a pas bougé au début.

Mais elle l'a fait.

Parce que quelque chose en elle avait déjà décidé :

***

Grace se souvint qu'il avait été fatigué ce jour-là.

Ce genre de fatigue qui se cache derrière les yeux et ne demande pas de sympathie, juste le silence.

Grace était rentrée tôt.

Elle ne savait pas pourquoi.

Elle l'a juste... fait.

Il était assis dans son fauteuil près de la fenêtre, un livre usé posé sur ses genoux, bien qu'il n'en eût pas tourné la page depuis des lustres.

« Tu vas bien, papa ? »

Il sourit.

« Juste en train de visiter le passé. Cela prend toujours plus de temps qu'on ne le pense. »

Elle s'accroupit à côté de lui.

La lumière à travers la fenêtre projetait de douces lignes ambrées sur le côté de son visage.

« À qui pensais-tu ? »

Il n'a pas répondu immédiatement.

Puis il attrapa l'enveloppe sur la table.

L'écriture était soignée.

« Je ne lui ai jamais donné ça », a-t-il déclaré.

« Je l'ai écrit. Je l'ai mis en enveloppe. Répété chaque mot. Ensuite, je n'y suis pas allé. »

« Pourquoi ? »

« Parce que je pensais qu'il y aurait du temps. »

Une pause.

Puis, plus silencieux :

« *Certaines choses... ne fleurissent qu'une seule fois.* »

***

Un nouveau coup de frappe à la porte.

Grace se tenait juste derrière la porte ; retenant sa respiration comme si cela pouvait changer le résultat.

Elle savait déjà qui c'était.

Elle ne savait pas ce qu'elles demanderaient.

Elle l'ouvrit.

Annabel se tenait sur le marchepied, le manteau saupoudré de givre, les yeux doux et scrutateurs. À côté d'elle, Evie planait comme un générateur de secours, chaud et nécessaire, même s'il produisait parfois des étincelles.

Perséphone n'était pas avec elles.

Et c'était en quelque sorte pire.

Annabel ne parla pas au début.

Elle souleva la couronne de gui, enveloppée doucement dans une écharpe, bercée comme quelque chose de sacré et fragile et toujours en attente.

« Nous avions trouvé quelque chose », a-t-elle dit.

Grace regarda la couronne.

Le brin cassé.

Le ruban.

À l'endroit où quelque chose avait été autrefois.

« Je ne sais pas ce que vous pensez que je... »

« Le message était caché dans la couronne », dit doucement Annabel.

« Il disait : *Certaines choses ne fleurissent qu'une seule fois.* »

Le souffle de Grace s'arrêta.

Elle n'a pas cligné des yeux.

Elle resta là, parfaitement immobile, comme si un faux mouvement pouvait la défaire entièrement.

« Il a dit ça », murmura-t-elle.

« Mon père. Avant de mourir. »

Evie se déplaça à côté d'elle.

« A-t-il dit... De qui parlait-il ? »

Grace secoua la tête.

« Il ne m'a jamais dit son nom.

Juste qu'il y avait quelqu'une.

Et qu'il n'a jamais envoyé la lettre. »

Annabel jeta un coup d'œil à Evie.

Puis de nouveau à Grace.

« Agnès nous a laissé quelque chose.

Une lettre.

Il était destiné à être donné... *si elle n'a jamais trouvé le courage de vous demander elle-même.* »

Grace ne parlait pas.

Elle regarda de nouveau la couronne.

Et cette fois, elle s'est éloignée de la porte.

Juste assez loin pour les laisser entrer.

***

Elles n'allèrent pas bien loin, juste jusqu'au petit salon qui sentait vaguement les tulipes oubliées et le papier usé.

Annabel déballa la couronne et la posa doucement sur la table basse. Elle posa la lettre pliée à côté. Enveloppe pâle. Pas de nom.

Grace la regarda comme si elle allait disparaître si elle regardait trop attentivement.

Evie s'assit sur le bras du canapé ; Bras croisés mais plus doux que d'habitude.

Perséphone s'était glissée à l'intérieur, inaperçue, et s'était recroquevillée sur la chaise d'angle comme une gardienne qui ne croyait pas aux explications.

Grace attrapa la lettre.

Ses doigts tremblaient, mais elle ne s'arrêta pas.

Elle l'ouvrit. Et l'a lue.

***

Grâce...

Je n'ai jamais été courageuse comme ton père le méritait.

Il m'a offert quelque chose de calme et de vrai, et je lui ai donné que des excuses déguisées en raisons.

Je pensais que j'aurais le temps. Nous le pensons tous les deux.

Mais le temps est cruel pour ceux qui attendent.

Si tu es venue à Little Firling, alors peut-être qu'il est parti.

Et peut-être cherches-tu des réponses que je n'ai jamais eu le courage d'offrir.

Tu ne me dois rien.

Mais je te dois ceci :

Tu étais voulue. On rêvait de toi. Et quoi qu'on vous ait dit, j'espère que tu sais...

Certaines choses fleurissent une fois et ne cessent jamais de résonner.

Si je ne suis pas ici pour vous le dire, c'est que c'est que j'étais trop tard.

Et je suis désolée.

***

Grace n'a pas pleuré.

Elle plia à nouveau la lettre, lentement, comme si elle était sacrée.

Sa voix était un fil de givre et de souffle.

« Il m'a dit qu'il avait écrit à quelqu'une. Qu'il ne l'a jamais envoyé. »

Elle leva les yeux.

« Il l'aimait. Mais il n'a pas voulu dire son nom.

Juste ça... Il l'a laissée tomber.

Et elle n'est jamais revenue. »

Annabel se pencha en avant, les coudes sur les genoux. « Il n'a jamais cessé d'attendre, n'est-ce pas ? » Grace secoua la tête.

Evie, inhabituellement calme, décroisa les bras.

« Elle n'a jamais cessé de se souvenir non plus. Cette lettre... Ce n'est pas de la culpabilité. C'est le chagrin. »

Grace cligna des yeux.

Pendant un instant, le silence fut chaleureux.

« Il avait l'habitude de dire... Certaines personnes arrivent comme le printemps.

Et certains comme l'hiver.

Mais Agnès... était les deux. »

***

Le feu de la cheminée avait brûlé bas, projetant de doux rubans d'ambre sur la table.

Perséphone se déplaça légèrement dans son sommeil, la queue tremblante comme si elle écoutait même les yeux fermés.

Grace traça le bord de sa tasse de thé.

« Il ne s'est jamais remarié », dit-elle doucement.

« Dit que personne d'autre ne l'a jamais fait ressentir au monde... moins solitaire. »

Annabel hocha la tête.

« Agnès n'a jamais parlé de lui. Pas à voix haute.

Mais elle avait une façon de s'arrêter chaque fois que quelqu'un mentionnait les années avant son arrivée à Little Firling. »

Elle sourit faiblement.

« Comme si elle retenait son souffle sous un souvenir. »

Grace baissa les yeux sur la lettre qu'elle tenait dans ses mains.

« Il m'a appris à planter des choses.

Nous n'avions pas de jardin, mais il faisait pousser des tomates sur le rebord de la fenêtre.

Il a dit : '*On ne sait jamais ce qui va fleurir si on lui en donne la chance.*' »

Evie pencha la tête.

« Agnès a toujours dit exactement la même chose. Sur les enfants qu'elle a encadrés.

À propos du Cercle des perce-neige. »

Pendant un moment, la pièce était silencieuse de la *meilleure façon.*

Pas plein de tension.

Juste plein d'*histoires qui finissent par se parler entre elles.*

***

Annabel se pencha en avant.

« Veux-tu rester ? Pour l'enterrement ?

Grace hésita.

« Je ne sais pas. Je ne suis pas venue pour tourner la page.

Je suis venue parce que quelque chose en moi m'a dit *d'y aller.*

Maintenant, je suis là et... »

Elle regarda la couronne.

« J'ai l'impression que quelque chose n'est pas encore fini. »

Evie parla, basse et prudente.

« C'est peut-être le cas. »

***

Dehors, sous la haie gelée

Une silhouette se tenait dans l'allée étroite à côté du magasin de fleurs, là où la lumière des lampes n'atteignait pas tout à fait.

Elle regardait la lueur de l'appartement à l'étage.

Elle observait le scintillement des ombres se déplacer à l'intérieur.

Elle n'a pas bougé.

Elle n'a pas parlé.

Elle est juste restée debout.

Immobile.

En attente.

Comme quelqu'un qui pensait *avoir enterré le passé il y a longtemps...*

... et était terrifié de le voir refleurir.

Chapitre 5

Le lendemain matin, ça sentait le givre et le regret.

Annabel venait d'ouvrir la porte du jardin lorsque Benedict Harper est apparu, écharpe rentrée, gants et le genre de visage qui suggérait qu'il avait déjà terminé le journal *et* réorganisé une armoire avant 8 heures du matin.

« Tu te lèves tôt », a-t-elle dit, parvenant à sourire d'un air fatigué.

« Je n'ai pas dormi », a-t-il répondu.

Il tenait quelque chose de petit dans sa main gantée – un livre de poche usé par le temps, le dos craquelé mais bien conservé.

« Agnès me l'a prêté », dit-il en l'offrant. « J'ai dit que j'allais l'apprécier. Oui, je l'ai fait. Mais ce n'était pas vraiment à propos du livre. »

Annabel inclina la tête.

« De quoi s'agit-il ? »

Benedict regarda derrière elle, vers le jardin.

Sa voix baissa.

« Elle m'a demandé une fois...

'Penses-tu qu'il est possible de regretter quelque chose plus en vieillissant, et pas moins ?' »

Le cœur d'Annabel battait doucement.

« Elle n'a pas dit ce qu'elle voulait dire ? »

« Non », a-t-il dit doucement.

« Mais elle tenait ce livre.

Et elle pleurait, mais elle ne s'en est pas rendu compte jusqu'à ce que je lui offre un mouchoir. »

Il s'arrêta.

Puis il ajouta, presque trop légèrement :

« Elle ne m'a jamais dit ce qu'elle avait perdu.

Mais ce n'était pas une chose.

C'était une personne. »

***

L'observateur se tenait à côté de la clôture derrière la boulangerie, caché juste assez pour se fondre dans les livraisons du matin et les ornières des brouettes.

Ils suivaient Benedict depuis le lever du soleil.

Pas proche.

Sans oser.

Juste... *présent.*

Et maintenant, ils l'ont entendu.

Le nom.

La mémoire.

Le mot « perdu ».

Un tremblement traversa leur visage.

Et puis...

Le plus petit sourire.

Pas chaud.

Pas cruel.

Juste... *résigné.*

Le genre de sourire qui dit :

Ils sont en train de rattraper leur retard.

Mais ils ne savent toujours pas ce qui compte le plus.

Pas encore.

***

Grace ne dormait pas beaucoup.

L'appartement au-dessus de la boutique de fleurs était assez silencieux – juste le grincement des vieux tuyaux et le cliquetis occasionnel du vent contre la vitre – mais ses pensées faisaient trop de bruit.

Elle avait relu la lettre trois fois.

Puis elle l'a pliée.

Puis elle l'avait déplié à nouveau.

Elle n'a pas pleuré.

Non pas parce que ça ne faisait pas mal.

Mais parce qu'*elle souffrait depuis des années, tranquillement, sans nom.*

***

Elle s'assit à la petite table près de la fenêtre, les mains enroulées autour d'une tasse refroidie depuis des heures.

La chapelle était à peine visible à travers les arbres.

Tout comme le banc.

Elle ne l'a pas regardé directement.

Au lieu de cela, elle regarda l'enveloppe toujours cachée dans la poche de son manteau.

Pas celle d'Agnès.

Celle de son père.

Toujours scellée.

Toujours intacte.

Elle passa son pouce sur le bord.

Ouvre-la, pensa-t-elle.

Mais elle ne l'a pas fait.

Car si la lettre d'Agnès avait *confirmé tout ce qu'elle craignait...*

Alors celle-ci pourrait *l'annuler.*

Ou pire...

Rendre les choses plus compliquées.

Il y avait aussi quelque chose d'autre.

Un murmure au fond de son esprit.

Pas de la lettre.

De la chapelle.

Quelque chose à propos de l'apparence d'Agnès ce jour-là.

La façon dont elle s'était assise.

Le châle sur les marches.

Le père de Grace lui avait appris à repérer les choses qui n'étaient pas à leur place, *quand les histoires ne correspondaient pas tout à fait.*

Et cette histoire ?

Elle était *trop bien rangée.*

Grace se leva, lentement.

Elle ne savait pas ce qu'elle allait faire ensuite.

Mais elle savait ceci :

« Si quelqu'un pensait que c'était fini...

Ils ne la connaissaient pas du tout. »

***

Grace s'était rendue à la boulangerie sans le vouloir.

L'odeur de la cannelle et du beurre s'enroulait autour de la porte comme une vieille amie qu'elle n'avait pas vue depuis son enfance.

Elle n'avait pas faim.

Mais elle entra quand même.

À l'intérieur, la mère de Rosie, Mira, sortait des plateaux du four, le visage rouge, le tablier saupoudré de farine et de sucre et quelque chose de plus joyeux que le chagrin.

« Bonjour, ma chère », dit gentiment Mira. « Je ne t'ai pas vue depuis un moment. »

« Je n'avais pas prévu d'être vue », a répondu Grace avec un petit sourire.

Mira offrit un biscuit sans demander.

« Pour la chaleur, pas pour le confort. Ne prétendons pas que le sucre résout tout. »

Grace l'a prise.

Elle s'est assise sur le tabouret près du comptoir.

Mira continuait à travailler, la voix légère, les mouvements rythmés.

« Rosie demande des nouvelles d'Agnès tous les soirs », dit-elle doucement. « Elle n'arrête pas de dire qu'elle l'a vue *en regardant le ciel.* »

« Elle a dit qu'elle souriait. Mais Rosie ne sait pas encore à quoi ressemble la peur. »

Grace cligna des yeux.

« Souriante ? »

« Oui. Petit demi-sourire. » Mira secoua la tête.

« Mais c'est le problème : quand nous l'avons trouvée, sa bouche ne souriait pas du tout.

C'était... »

Elle hésita.

« C'était calme. Plat. Trop immobile. »

Elle jeta un chiffon sur le plateau.

« Mais vous savez, les enfants. Ils remplissent les blancs avec les choses les plus douces qu'ils peuvent imaginer. »

Grace n'a pas répondu.

Parce qu'*elle s'est souvenue* d'Agnès à la répétition.

Et *Agnès n'avait pas levé les yeux une seule fois.*

***

Perséphone se déplaçait dans le jardin arrière comme une brume.

Annabel avait laissé la porte entrouverte. Juste assez.

Le vent ne portait pas d'odeur de pâtisserie.

Pas de fumée.

Seulement du givre et des vieilles choses.

Elle marcha le long de l'allée du jardin.

S'arrêta près du rosier.

Renifla.

Puis elle vira brusquement vers le muret de pierre.

Vers la haie.

Elle s'arrêta.

S'assit.

Elle fixa une plaque de neige perturbée.

Pas trop perturbée.

Juste assez pour que quelqu'un de petit puisse le manquer.

Ou quelqu'un d'intelligent de le remarquer.

Elle cligna lentement des yeux.

Puis elle se leva.

Et avec la grâce lente et délibérée de quelqu'un qui connaît déjà la fin...

Elle s'est éloignée.

Chapitre 6

C'était la fin de l'après-midi quand Annabel s'agenouilla dans le jardin, les gants humides, le souffle s'embuant doucement tandis que les dernières lueurs glissaient entre les arbres.

Evie se tenait à quelques mètres de là, regardant une plaque de neige perturbée que Perséphone avait encerclée plus tôt.

« Tu fais vraiment confiance à la chatte maintenant ? » Demanda Evie, un sourcil levé.

« Elle est plus intelligente que nous et tu le sais. »

Evie s'accroupit à côté d'elle.

« On dirait que quelqu'un est entré ici. Récemment. »

La neige avait fondu en un petit croissant, comme si quelque chose s'était agenouillée – ou accroupie – et avait perturbé la surface. En dessous, une faible ligne de terre sombre apparaissait.

Annabel sortit doucement sa truelle du panier et commença à dégager la zone.

Elle ne s'attendait pas à trouver quoi que ce soit.

Mais alors...

« Evie. »

Elle le dit si doucement qu'Evie se pencha instinctivement.

Annabel écarta d'un revers de main une autre motte de terre.

Là, niché juste sous la surface...

C'était un bulbe *de fleur.*

Ce n'est pas rare. Un perce-neige.

Mais *hors saison.*

Et *enveloppé dans de la mousseline.*

Evie fronça les sourcils.

« Ce n'est pas une plantation naturelle. »

« Non », murmura Annabel.

« C'est un message. »

La mousseline avait de faibles marques. Encre brouillée par l'humidité.

Mais un mot était encore visible.

« Floraison. »

***

Annabel et Evie venaient de fermer la porte de derrière quand Grace apparut : le manteau boutonné, l'écharpe trop lâche, les joues roses de froid et quelque chose comme de l'urgence.

« Je ne voulais pas vous interrompre », a-t-elle dit. « Mais je... quelque chose ne va pas. »

Evie lança à Annabel un regard qui disait : *Cela semble familier.*

« Entrez », dit doucement Annabel. « Nous venons de trouver quelque chose nous-mêmes. »

***

À l'intérieur de Honeystone Cottage, la bouilloire chantait doucement, Perséphone tournait autrefois autour de Grace comme un point d'interrogation vivant, et le bulbe de perce-neige était posé sur le comptoir, toujours à moitié enveloppé dans de la mousseline.

Grace le regarda et cligna des yeux.

« Perce-neige. »

« Oui », a dit Annabel. « Enterré à l'extérieur de la maison. Récemment. Enveloppé. Marqué. »

Evie montra la mousseline.

« Il ne reste qu'un seul mot dessus. 'Floraison.' »

Grace expira, trop lentement.

« Encore ce mot. »

Annabel se pencha légèrement en avant.

« Tu l'as déjà entendu ? »

« Il l'a dit. Mon père. Chaque fois qu'il parlait d'elle, d'Agnès, il disait des choses comme : *Elle a fait fleurir les choses simplement en croyant qu'elles le pouvaient.'* »

« Et la lettre, la lettre d'Agnès, le mentionnait aussi », murmura Annabel.

« *Il y a des choses qui ne fleurissent qu'une seule fois* », répéta Grace.

Elle s'assit lentement. Comme si elle plaçait ses pensées avant qu'elles ne se dispersent.

« Il y a autre chose. »

Evie croisa les bras. Soigneusement.

« Qu'est-ce qu'il y a ? »

« Je suis tombée sur la mère de Rosie. Elle a dit que Rosie lui avait dit qu'Agnès souriait, regardant le ciel.

Mais quand ils l'ont trouvée... Elle ne souriait pas. »

La pièce s'est tue.

Même Perséphone s'assit plus droite.

Annabel regarda à nouveau le perce-neige.

« Elle ne souriait pas. Cela a été dit et répété.

Elle avait l'air... immobile. Froide. Trop froide. »

Evie fronça les sourcils.

« À moins qu'elle n'ait été bougée. »

Silence.

Alors Grace murmura :

« Ou à moins que Rosie ne l'ait vue

avant que cela n'arrive. »

Chapitre 7

Annabel déroula le papier de boucherie qu'elle gardait près du garde-manger, généralement pour emballer les légumes, mais maintenant pour *les vérités*.

Elle l'aplatit sur la table, l'alourdit avec une salière et un pot de confiture, et traça une ligne nette au milieu.

« Regardons simplement ce que nous savons », a-t-elle dit doucement. » Pas de spéculation. Juste la chronologie. »

Evie attrapa un crayon et se pencha sur le papier.

« La répétition s'est terminée à 17 h 15 précises. Barbara a annoncé la fin comme si elle lâchait des colombes. »

« Et Agnès est sortie par la porte latérale de la chapelle », ajouta Grace. « Je l'ai vue partir. Seule. »

Annabel nota cela.

« Rosie et ses parents l'ont trouvée vers 18 heures. »

« Cinquante minutes », a dit Evie. « À donner ou à prendre. »

« Mais Rosie a dit qu'elle l'a vue *sourire*, regardant le ciel. Cela ne correspond pas à ce que sa mère a vu. Ou ce que *nous* avons vu. »

Grace se pencha.

« Si Rosie l'a vue *avant* qu'elle ne se fige... donc, elle l'a vue alors qu'Agnès était encore vivante. »

Evie tambourina des doigts.

« Alors, soit Agnès était assise dehors, dans le froid, volontairement... pendant près d'une heure, sans son châle... »

« Ce qu'elle n'aurait jamais fait », coupa Annabel.

« ... Ou quelqu'un l'a emmenée là. »

Grace murmura : « Ou elle a rencontré quelqu'un avant même d'être rentrée chez elle. »

La salle devint silencieuse.

Dehors, la neige a recommencé.

Molle. Trompeuse.

***

Annabel fit un petit trou dans la chronologie.

« C'est ce que nous ne savons pas », a-t-elle déclaré.

« Où était Agnès entre 17h15 et 18h00 ? »

« Et *qui* était avec elle ? »

La voix d'Evie baissa.

« Et *qu'est-ce qui* s'est passé pendant ce temps... que personne ne veut dire à voix haute ? »

***

Elles rentraient de la chapelle à pied lorsque Grace s'arrêta net.

Annabel se retourna.

« Tu vas bien ? »

Grace ne répondit pas.

Son regard se fixa sur la porte latérale – celle à peine utilisée par personne d'autre qu'Agnès, celle que la mère de Rosie disait avoir été retrouvée déverrouillée ce jour-là.

Elle la fixa encore un instant, puis s'avança lentement, ses bottes craquant doucement sur la neige et l'herbe gelée.

Elle a tendu la main.

Toucha la poignée.

Elle ferma les yeux.

« Elle a claqué. »

Annabel cligna des yeux.

« Qu'est-ce qui s'est passé ? »

« La porte », murmura Grace.

« Ce jour-là. À la fin de la répétition. »

Elle ouvrit les yeux.

« Je ne l'ai pas vue. Pas clairement. J'ai entendu la porte se fermer. Et j'ai vu... un mouvement. Un manteau.

Je pensais... »

Sa voix craqua comme de la glace qui fond.

« J'ai cru que c'était elle. »

Evie, à quelques pas derrière, fronça les sourcils.

« De quelle couleur ? »

Grace la regarda.

« Bleu foncé. Peut-être le bleu marine. Avec du rouge ou du bordeaux au poignet. »

Evie regarda Annabel.

« Ce n'est pas ce qu'elle portait quand ils l'ont trouvée.

Agnès portait son manteau de laine verte. Le même qu'elle porte depuis toujours. »

Grace murmura :

« Alors, ce n'est pas elle que j'ai vue.

Chapitre 8

Perséphone ne les avait pas suivies dans la chapelle. Elle a mené sa propre enquête.

La porte latérale – en vieux bois, froide au toucher – grinçait au vent, à peine entrouverte.

Perséphone ne miaulait pas.

Elle ne reniflait pas l'air comme le feraient les autres chats.

Elle s'avança sur le bord enveloppé de lierre du mur de la chapelle et le regarda.

Immobile. En attente.

Puis, sans hésiter, elle se glissa dans l'enchevêtrement gelé au pied du mur.

Un bruissement.

Une pause.

Elle émergea un instant plus tard, battant la queue de satisfaction.

Dans sa bouche, un petit objet brillait doucement contre le givre.

***

Annabel l'aperçut en premier.

« Perséphone, qu'est-ce que tu as... oh ! »

Evie s'accroupit.

« C'est un bouton. »

Il était rond, bordé de laiton, bleu marin foncé au centre.

Et à peine visible, sur le bord, un minuscule fil brodé de bordeaux.

Annabel le toucha avec des doigts gantés.

« Ce n'est pas celui d'Agnès. »

La voix de Grace vint de derrière eux. Tranquille. Sure.

« C'est du manteau que j'ai vu. »

***

Benedict est arrivé avec sa ponctualité habituelle et un sac en papier brun rempli de trois scones et le genre de calme qui semblait tissé à la main.

Annabel l'accueillit à la porte d'entrée.

« Tu as apporté des glucides de secours », a déclaré Evie en entrant à l'intérieur.

« Le mystère brûle des calories », a-t-il répondu, avec un léger sourire.

Mais son ton était plus modéré que d'habitude.

Il s'assit, les mains posées sur la table, le regard non fixé sur la nourriture... mais sur le bulbe de perce-neige toujours niché dans son torchon.

« J'ai entendu dire que tu avais trouvé quelque chose. »

« Un bouton », a dit Annabel. « Perséphone l'a récupéré. »

« Et nous pensons que quelqu'un est parti par la porte latérale de la chapelle », a ajouté Grace.

Benedict s'arrêta.

« La porte latérale ? »

Benedict s'arrêta, une tasse de thé toujours à la main.

« Elle m'a demandé d'huiler la porte latérale il y a deux semaines », a-t-il dit doucement.

« Elle a dit qu'elle ne voulait pas qu'il grince. Pas pendant les répétitions. Elle a dit que cela lui donnait l'impression d'être suivie. »

Il gloussa faiblement.

« Je pensais qu'elle était juste poétique. »

Les yeux d'Evie ne quittèrent pas son visage.

« Ou peut-être... Elle ne l'était pas. »

Benedict leva les yeux.

« Pardon ? »

« Peut-être qu'elle n'était pas inquiète du grincement.

Peut-être pensait-elle que quelqu'un la suivait. »

La pièce s'est tue.

Même Perséphone leva la tête, la queue s'enroulant autour de ses pattes comme une ponctuation.

Bénédicte déglutit.

Quelque chose de fragile scintillait sur son visage.

« Je n'ai pas pensé... »

« Elle n'a pas dit... »

Il s'arrêta.

Annabel l'observa attentivement.

« Mais elle a dit quelque chose », dit-elle doucement. « Assez pour que ça reste avec toi. »

Il hocha la tête une fois.

« Elle ne m'a pas souvent demandé de réparer les choses. »

Chapitre 9

Elles étaient entrées dans la place pour respirer.

Trop de thé. Trop de théories.

Même Perséphone avait besoin d'une pause dans toute cette tension silencieuse.

Annabel, Evie et Grace passèrent lentement devant le panneau d'affichage à l'extérieur de la chapelle, le givre crépitant doucement sous leurs bottes.

C'est alors qu'elles l'ont vue.

Gillian Berridge – l'organisatrice de la chorale, la justicière des chants de Noël et la gardienne soprano pour toujours – fixait la liste des répétitions avec une précision militaire et un froncement de sourcils profondément peu impressionné.

« Bon après-midi », dit Annabel.

« Oh, vous voilà », a répondu Gillian sans lever les yeux.

« Je pensais juste à Agnès et à cette affaire avec la porte latérale.

Terrible, n'est-ce pas ? Terrible. »

Evie se pencha légèrement, d'un ton décontracté.

« Nous essayons toujours de tout reconstituer.

Mais quelqu'un a laissé quelque chose derrière lui. »

Les doigts de Gillian s'arrêtèrent au milieu de l'épingle.

« Ah bon ? »

« Un bouton », a dit Evie. « Bleu marine, bordé de laiton. Fil de bourgogne. Assez distinctif. »

Gillian s'immobilisa.

Juste pour un instant.

« Ça semble familier... » dit-elle enfin.

« Il y avait quelqu'un qui avait rejoint la chorale il y a quelques années. Il avait un manteau comme ça. Cela m'a rappelé quelque chose comme un pensionnat. Laine, mais formelle. Presque théâtral. »

« Vous souvenez-vous de qui c'était ? » demanda Grace doucement.

Gillian cligna des yeux.

Trop vite.

« Non, je... Non. Je dois me tromper.

Les gens vont et viennent. Surtout en décembre. »

Elle se retourna vers le panneau d'affichage.

« Si je pense à quoi que ce soit, je vous le ferai savoir. »

Elle laissa la dernière goupille de travers.

Et s'est éloignée un peu trop vite, laissant le coin de la feuille de chants de Noël flotter au vent.

***

Elles avaient pris le long chemin autour de la chapelle, Perséphone traînant derrière comme si elle avait un meilleur endroit où être et ne leur disait pas où il était.

Annabel s'arrêta près de la vieille porte latérale.

Elle était nichée dans une alcôve de pierre recouverte de lierre, à moitié caché derrière un baril de pluie tordu et une collection de paniers de dons qui ramassait actuellement les feuilles mortes.

Elle tendit la main, ses doigts gantés effleurant la poignée.

Elle ne l'a pas tourné avec urgence, juste avec de la curiosité.

Mémoire.

Instinct.

Elle n'a pas bougé.

Verrouillée.

Evie la rattrapa, ses bottes grinçant derrière elle.

« Coincée ? »

« Non », dit doucement Annabel. « Verrouillée. »

Elle recula, les sourcils légèrement froncés.

« On a besoin d'une clé de l'extérieur. Mais de l'intérieur... Elle s'ouvre librement. »

Evie regarda le fer usé et la peinture écaillée.

« Alors, celui qui l'a utilisé... était déjà à l'intérieur, ou avait la clé. »

Elles échangèrent un regard.

Annabel ne l'a pas à voix haute.

Mais la question restait là de toute façon.

Qui a encore une clé de la porte en laquelle Agnès n'avait pas confiance ?

Chapitre 10

Le vicaire, le révérend Harrow, était penché sur une pile de cantiques en lambeaux quand Annabel et Evie le trouvèrent.

La chapelle était silencieuse, la lumière du soleil traversant les bancs de bois en bandes d'or pâle. Quelques feuilles de houx restantes s'accrochaient encore au rebord de la fenêtre.

Il se redressa, souriant poliment sous des lunettes à monture métallique.

« Mesdames. La liste de chants de Noël était-elle déjà trop accrocheuse pour certaines oreilles ? »

Evie sourit.

« Nous ne sommes pas ici pour la musique. »

« Dommage. J'avais mon meilleur visage de plainte d'alto prêt. »

Annabel s'avança doucement.

« Nous posons des questions sur la porte latérale. »

Le vicaire cligna des yeux.

« Le vestibule sud ? »

« Celui qui reste verrouillé », a-t-elle précisé. « À moins que quelqu'un n'ait une clé. »

« Ah. » Son ton changea, juste légèrement. Encore chaleureux. Mais réservé.

« Peu de gens en ont une. Nous ne l'utilisons pas beaucoup. »

« Qui *en* a une ? » a demandé Evie.

Le révérend Harrow joignit les mains.

« Moi-même, bien sûr. Gillian Berridge, pour l'accès à la chorale.

Nathan, notre jardinier, bien qu'il l'utilise rarement.

Et jusqu'à récemment... Agnès. »

Annabel échangea un regard avec Evie.

« Quelqu'un d'autre ? »

Une pause.

« La femme du maire en avait une. Il y a quelques années. Je crois qu'elle a été rendue. »

« Vous croyez ? »

« Ce n'est pas une femme que l'on presse pour les choses sacrées », dit-il avec un léger sourire.

Mais alors...

« Il y en a peut-être une de plus qui flotte dans les parages.

L'une d'elles avait été égarée lors des réparations du toit en 2021.

Nous avions changé les serrures après, mais... »

Sa voix trainait.

« Agnès ne voulait pas d'une nouvelle clé. Elle a dit que l'ancienne lui convenait très bien. »

***

La salle paroissiale sentait le cirage des meubles, le thé bouilli et les condoléances prudentes.

Une table pliante avait été traînée sous la fenêtre, maintenant entourée d'un patchwork de chaises remplies des acteurs les plus dévoués de Little Firling – ceux qui disposaient des fleurs avant les offices et formaient des comités de chants stratégiques derrière le dos du vicaire.

Annabel et Evie se glissèrent tranquillement.

Au bout de la table était assise Barbara Ellington, l'épouse du maire, le menton levé, les perles claquaient doucement alors qu'elle tapait un stylo sur son bloc-notes.

« Nous devons faire preuve de respect mais pas de larmoyant », a-t-elle annoncé.

« Agnès détestait les histoires. »

Gillian Berridge s'est assise trois chaises plus loin, feuilletant les options d'hymnes et corrigeant les fautes d'orthographes qui n'existaient pas.

Nathan, le jardinier, s'appuyait sur le dossier d'une chaise, la terre encore sous ses ongles.

Le révérend Harrow se tenait debout, les bras croisés, le seul à ne pas faire semblant que ce n'était pas inconfortable.

« Avons-nous quelqu'un pour parler en son nom ? » demanda-t-il doucement.

« La famille ? »

Le silence qui s'ensuivit était si gênant qu'il faillit s'entrechoquer.

« Elle était... une partie de nous tous », a déclaré Barbara, avec le genre de ton qui signifiait ne *discutez pas ou j'organiserai moi-même la veillée funèbre.*

***

Puis vint le moment :

Annabel griffonnait des notes florales à côté de Gillian lorsqu'elle jeta un coup d'œil à travers la table.

Nathan venait d'être interrogé sur l'accès à la chapelle pour la livraison des cercueils.

« Tu auras les clés, n'est-ce pas ? » a demandé Barbara.

Il hocha la tête.

« Oui, la façade et la sacristie. »

Barbara hésita.

« Vous aurez aussi besoin de la porte latérale. Pour les porteurs. »

Nathan fronça les sourcils.

« Je ne pensais pas que j'avais encore celle-là. Je ne l'ai pas utilisée depuis des mois. »

Annabel leva la tête.

« Vous l'avez toujours, n'est-ce pas ? »

« Elle devrait être dans la boîte d'entretien, peut-être ? » dit-il incertain.

« Je pourrais vérifier. »

Gillian s'éclaircit la gorge.

« J'ai rendu la mienne. Je l'ai rendu à Agnès à Pâques. »

La plume d'Annabel s'arrêta.

Evie ne leva pas les yeux, mais sa main se resserra autour de son thé.

Le révérend Harrow leva un sourcil.

« C'est... intéressant. Elle n'a pas mentionné cela. »

« Eh bien, je suis sûre qu'elle a oublié », dit Gillian doucement.

« Nous étions tous les deux terriblement occupés avec le concert du printemps. »

Chapitre 11

Ils rentraient chez eux à pied quand il a recommencé à neiger.

Pas trop. Juste une lente dérive, du genre qui murmurait plutôt que de tomber.

Perséphone s'avançait, la queue haute, indifférente.

Evie brisa le silence en premier.

« Trois clés. »

Annabel n'a pas fait semblant de ne pas savoir ce qu'elle voulait dire.

« Cinq », a-t-elle dit doucement.

Evie plissa les yeux vers elle.

« Attends, cinq ? »

« Harrow. Nathan. Gillian. Celle de Barbara Ellington, si elle l'a vraiment rendu. Et celle qui a disparu lors des réparations de la toiture en 2021. »

Evie gémit.

« C'est vrai. Donc, cinq clés. Une porte. Une femme morte. «

« Et un très bon menteur », murmura Annabel.

Ils firent encore quelques pas en silence.

Puis Annabel ajouta, plus pour elle-même que pour Evie : « Elle n'est pas partie de cette façon. »

« Quoi ? »

« Agnès. La façon dont ils l'ont trouvée. Sur les marches de pierre.

Elle n'est pas sortie par là.

Pas dans ce froid. Pas sans son châle.

Elle n'y est pas allée de son plein gré. »

Evie était silencieuse.

Puis...

« Alors, quelqu'un d'autre l'a fait. »

Annabel hocha la tête une fois.

« Et quelqu'un a utilisé une clé pour le faire. »

***

Ils venaient d'atteindre le coin près du mur de la chapelle lorsque Grace sortit de l'étroit sentier, les bras croisés, l'écharpe trop serrée, l'expression impassible.

Perséphone miaula une fois – ni agacée, ni accueillante. Juste... reconnaissante.

« Vous deux, êtes-vous toujours aussi silencieuses quand vous marchez ? » demanda Grace.

Annabel cligna des yeux.

Evie récupéra plus rapidement.

« Seulement lorsque nous résolvons accidentellement des choses. »

« Vous faites plus que marcher », a dit Grace platement.

« Pas exactement », admit Annabel.

Grace jeta un coup d'œil entre elles, les yeux se rétrécissant à peine une fraction.

« Vous avez trouvé quelque chose. Ou... Quelqu'un a dit quelque chose. »

Elle regarda Annabel maintenant, plus directement.

« Qu'est-ce qu'il y a ? »

Annabel hésita.

Evie, elle n'a pas hésité.

« Clés. »

Grace inclina la tête.

« De quoi ? »

« De la porte latérale de la chapelle », dit Evie. « Celle qu'Agnès n'a jamais utilisé. Jusqu'à ce qu'elle le fasse. »

Grace s'arrêta.

« Cette porte était verrouillée. »

« Exactement, » dit Annabel. « Et seulement quelques personnes ont eu la clé. Sauf que maintenant...

Personne ne semble savoir où se trouve sa copie.

Ou s'ils l'ont vraiment rendue.

L'une d'elle a été perdue lors de réparations.

L'un d'elles aurait été rendue à Agnès.

L'une est 'probablement' dans une boîte à outils. »

« Et l'un d'elles », ajouta Evie « appartenait à Barbara Ellington. Mais apparemment, cette clé s'est évaporée après qu'elle ait été promue épouse du maire. »

Grace resta silencieuse pendant un long moment.

Puis elle dit, si doucement qu'elles faillirent le manquer : « Agnès m'a dit une fois... qu'elle n'aimait pas le bruit que faisait cette porte.

Elle a dit qu'elle avait l'impression que quelqu'un respirait derrière elle. »

Annabel se retourna lentement.

« Elle t'a dit ça ? »

Grace hocha la tête.

« Le mois dernier. Après les répétitions.

Elle avait l'air... Secouée. Mais elle a ri. »

Evie expira.

« Ce n'est pas le ton d'une femme qui s'inquiète juste pour des charnières. »

***

La chapelle était calme.

Pas la tranquillité des funérailles. Pas révérencieux.

Juste immobile, à la manière des vieux bâtiments en pierre quand ils ont entendu assez de prières et pas tout à fait assez de vérité.

Perséphone s'interposa avant les humains.

Elle ne s'arrêta pas à l'autel.

Elle n'a pas bronché à la porte latérale.

Elle n'a pas cligné des yeux à l'odeur du vernis et des pétales.

Elle s'est dirigée directement vers le banc avant droit.

Celui qu'Agnès choisissait toujours quand elle n'était pas debout, en train de diriger, de corriger.

Annabel suivit son regard, un demi-pas en arrière.

« C'était sa place », murmura-t-elle.

Perséphone se leva d'un bond, gracieuse, silencieuse, puis tourna une fois en cercle avant d'enfoncer sa patte dans le coin du coussin du siège.

Il a bougé.

Evie fut là en un instant, levant le bord.

En dessous, à peine sous le bord du tissu, était un *bout de papier épais plié.*

Arraché à un programme de chorale.

Léger gribouillage au crayon dans le dos.

Annabel le prit avec soin.

Trois mots.

« Elle a utilisé la mienne. »

***

Annabel fixa le papier, effleurant le bord du pouce dur.

Annabel fixa le papier, effleurant le bord du pouce dur.

Evie se pencha en plissant les yeux.

« C'est son écriture », dit-elle doucement.

« La façon dont elle boucle ses s. Toujours incliné vers l'avant. Comme si elle se penchait sur tout ce qu'elle dit. »

Grace lut les mots à haute voix.

« Elle a utilisé la mienne. »

Evie parlait lentement, prudemment.

« Elle ne parle pas d'une copie.

Elle veut dire que quelqu'un a utilisé *sa* clé.

Pas les leurs. Pas une qu'ils ont prétendu avoir donné.

Quelqu'un a franchi cette porte.

Et elle *savait* qui c'était. »

« Elle a écrit ceci », murmura Annabel, « juste avant de mourir. »

Le souffle de Grace se retint.

« Les coussins des bancs... Ils n'ont été ramenés que ce matin-là.

Elle a plaisanté à ce sujet. Elle a dit qu'elle serait enfin capable de passer une répétition sans avoir d'ecchymoses. »

Evie ferma les yeux pendant une seconde.

« Elle les a vus entrer. »

« Et elle n'a pas eu le temps de courir », a déclaré Grace.

Annabel déglutit.

« Mais elle a eu le temps de laisser ça. »

Perséphone blottie sur le banc, la queue recourbée comme une ponctuation, le corps pressé contre le silence.

La chapelle était immobile.

Mais quelque chose sous le silence s'était ouverte.

Chapitre 12

Elles n'ont pas beaucoup parlé après avoir quitté la chapelle.

Même Evie s'était tue, les mains fourrées dans les poches de son manteau, les yeux scrutant le trottoir comme s'il pouvait leur offrir quelque chose d'autre qu'elles avaient manqué.

Perséphone marchait entre elles, la queue battant contre le vent. Elle n'a pas regardé en arrière une seule fois.

Grace brisa le silence la première.

« Elle savait. »

Personne n'était en désaccord.

« Elle savait que quelqu'un avait sa clé », a poursuivi Grace.

« Elle savait qu'ils passaient la porte.

Et elle savait qu'ils venaient pour elle. »

Evie hocha la tête ; mâchoire serrée.

« Elle n'a pas couru. »

« Elle ne pouvait pas », a déclaré Annabel. » Ou peut-être qu'elle savait... Ce serait pire si elle le faisait. »

Elles ont marché le reste du chemin jusqu'à Honeystone Cottage en silence.

***

À l'intérieur, la bouilloire s'enclenchait comme elle le faisait toujours.

Le feu brillait.

Tout semblait le même.

Mais ce n'était pas le cas.

Annabel était assise à la table, les doigts enroulés autour d'une tasse chaude, fixant le papier avec les derniers mots d'Agnès.

« Elle a utilisé la mienne. »

Grace se pencha en avant.

« Pensez-vous qu'elle voulait dire Gillian ? C'est la seule qui a dit qu'elle avait rendu sa clé *directement* à Agnès. »

Evie fronça les sourcils.

« C'est possible. Il pourrait s'agir de quelqu'un d'autre qui n'a jamais abandonné la sienne. Peut-être quelqu'un qui *a pris* la sienne. »

« Pensez-vous qu'elle savait qui c'était ? » demanda Grace.

« Elle ne les a pas nommés », a déclaré Annabel. « Mais elle savait. »

« Elle l'a laissé sur son banc », a déclaré Evie.

« Pas le bureau du vicaire.

Pas caché dans un recueil de cantiques.

Elle l'a laissée là où quelqu'un comme *nous* pourrait s'asseoir. »

Annabel la regarda.

« Quelqu'un qui se soucierait assez pour regarder. »

***

Perséphone sauta sur le rebord de la fenêtre et regarda le crépuscule. Sa queue se contracta une fois.

« Qu'est-ce qu'on fait maintenant ? » demanda Grace.

Evie se leva.

« Nous y retournons.

À ce jour.

Chaque mouvement. Chaque personne. Chaque manteau, chaque porte, chaque regard.

Nous découvrions qui avait la clé.

Et nous découvrions ce qu'ils en ont fait. »

Annabel déplia de nouveau la note.

Trois mots.

Une femme.

Un cri silencieux *écrit juste à temps.*

« Nous ne la laissons pas mourir dans des murmures. »

***

Honeystone Cottage sentait faiblement la cannelle et la fureur.

Elles avaient débarrassé la table d'appoint près du feu, et à l'aide d'un vieux tableau en liège que Grace avait trouvé dans la poubelle d'un magasin de charité et d'une réserve d'épingles à la lavande séchée, Annabel épinglait maintenant des morceaux de papier pliés.

Chaque épinglette portait un nom.

Chaque nom avait un poids.

Gillian Berridge, cheffe de chœur. Elle a dit qu'elle rendait sa clé à Agnès. Personne ne se souvient qu'Agnès ait confirmé cela.

« Elle est ambitieuse », a déclaré Evie. « Pas de mal.

Mais elle aime les projecteurs. Et si elle pensait qu'Agnès allait la garder dans l'ombre pour toujours... »

« Elle connaît aussi les habitudes des gens », a ajouté Annabel.

« Si quelqu'un pouvait planifier en fonction de l'emploi du temps d'Agnès... »

***

Barbara Ellington, épouse du maire. À l'ancienne. Croit en la tradition et en la ' bonne optique'.

« Elle a eu une clé une fois », a déclaré Grace.

« Soi-disant, elle l'a rendue. Mais le vicaire a dit qu'on ne pouvait pas la presser sur des questions sacrées. »

« C'est de la politique de dire *Je l'ai toujours et vous ne pouvez pas le prouver'* », a marmonné Evie.

« Elle voudrait avoir le contrôle », dit doucement Annabel.

« Et Agnès était la seule qu'elle ne pouvait pas manipuler. »

***

Nathan, jardinier. Tranquille. Doux. 'Probablement' a toujours la clé. Vague.

« Je ne le vois pas », dit Grace.

« C'est pourquoi ça me fait peur », a répondu Evie.

« Il connaît chaque centimètre carré de ce bâtiment. S'il ne l'a pas fait... Quelqu'un aurait pu *utiliser* sa clé. »

***

Femme inconnue — 'elle'. La personne dans la note. Quelqu'une de proche. Quelqu'une de confiance.

« Serait-ce quelqu'une que personne ne connaissait bien ? » demanda Grace.

« Quelqu'une de nouveau dans le village ? Ou qui est revenue récemment ?

« Ou quelqu'une qui n'est jamais vraiment partie », a déclaré Annabel.

***

Ils fixèrent la dernière note épinglée. Connaissances médicales possibles.

« Elle était sous sédatif », a déclaré Evie. « Nous sommes presque certaines maintenant. »

« Rapidement. Pas de chichi. Pas de cris. Pas de trébuchement. »

« Alors... soit quelqu'une qui a accès à des médicaments », a déclaré Grace, « soit quelqu'une qui a de l'expérience dans l'administration d'injections. »

Annabel a ajouté une carte en dessous :

<u>Rôles possibles</u>
- Ancienne infirmière
- Aidant à domicile
- Membre d'un ménage diabétique
- Vétérinaire

- Travailleuse en soins palliatifs ou en soins palliatifs

***

La pièce redevint silencieuse.

Le tableau n'a pas parlé.

Mais le silence qui l'entourait *changea de forme.*

Agnès n'était plus victime du malheur.

Elle avait été *choisie.*

Chapitre 13

L'arrière-salle de Honeystone Cottage n'a jamais été censée ressembler à un musée.

Mais aujourd'hui, avec Grace perchée sur le bord du fauteuil et Evie feuilletant les vieux dossiers communautaires d'Agnès, on avait l'impression *qu'elles s'organisaient le chagrin.*

Annabel ouvrit le dernier tiroir.

À l'intérieur : un petit dossier en plastique étiqueté de la main d'Agnès :

« CERCLE DE PERCE-NEIGE - Années précédentes »

Elle le souleva avec précaution.

Ce n'était pas plein de scandale.

Au début.

Juste des listes. Activités. Croquis.

Instructions de bricolage pour les perce-neiges en papier.

Des photos de couronnes de fleurs et d'enfants rieurs tenant des lanternes.

Puis elle a parcouru la fin du dossier.

Une seule page.

Papier différent.

Tapé.

Notes privées d'Agnès.

***

« Printemps 15.

Une enfant renfermée. Changement soudain de comportement.

Autrefois vive, maintenant hésitante, silencieuse. Aucune raison claire n'a été donnée pour le départ.

Le parent a dit qu'elle n'était plus intéressée. Ça ne sonnait pas bien.

***

Annabel fronça les sourcils.

« Ce n'était pas destiné aux archives. »

Evie se pencha.

« Elle l'a gardé séparé.

Comme si elle ne voulait pas qu'il se perde... mais elle ne voulait pas qu'il soit retrouvé non plus. »

Grace se leva.

« Printemps 2015... »

Sa voix baissa.

« C'était il y a dix ans. »

Elles firent toutes une pause.

Annabel passa de nouveau son doigt sous les lignes.

« Savons-nous qui était dans le Cercle cette année-là ? »

Grace se mordit la lèvre.

« Rosie est trop jeune...

Mais si quelqu'une avait neuf ou dix ans, alors...

Elle serait à la fin de l'adolescence ou dans la vingtaine maintenant. »

Les yeux d'Evie se plissèrent.

« Ce qui signifie qu'elle pourrait être n'importe où.

Toujours dans le village.

Ou est revenue récemment. »

« Et si Agnès l'avait reconnue... », murmura Grace.

« Elle a peut-être posé trop de questions », termina Annabel.

« Et quelqu'un a paniqué. »

***

Le dossier était ouvert sur la table.

Un seul dessin de perce-neige s'est détaché des papiers et a glissé sur le sol.

Perséphone lui donna un coup de patte. Puis elle s'est assise.

Attentive. En attente.

Chapitre 14

La maison de Gillian Berridge sentait le vernis au citron et les attentes élevées.

Tout avait sa place.

Même la déception, qu'elle a soigneusement stockée sous un ton de condescendance polie.

Evie tapa légèrement du pied contre le bord du tapis tandis que Gillian fouillait dans une boîte de classement en osier.

« Je ne sais pas pourquoi le vicaire n'en a pas gardé lui-même des copies », marmonna Gillian.

« Honnêtement, aucun sens de l'archivage parmi le clergé. Je dirigeais pratiquement aussi le côté spirituel de la communauté, mais sans les sermons. »

Annabel sourit légèrement.

« Nous essayons simplement de rassembler certaines des anciennes listes de procession et de chorale.

Agnès a mentionné vouloir ramener des chants de Noël plus anciens. »

« Le voulait-elle ? »

La voix de Gillian s'éleva légèrement, une lueur de suffisance réchauffant ses mots.

« Eh bien. Elle aurait pu me le *dire*. Nous avions toujours très bien travaillé ensemble. »

Evie ne dit rien.

Elle n'a pas cligné des yeux.

***

Gillian a trouvé un dépliant intitulé « Mistletoe Procession : 2015 » et l'a remis.

« Voilà. Cette année-là a été un cauchemar. Tout a été reprogrammé en raison d'une panne d'électricité, et le Cercle les perce-neiges a dû répéter dans la salle paroissiale sans chauffage. La moitié des enfants sont rentrés à la maison avec un nez qui coule et des attitudes. »

Annabel l'ouvrit.

Des photos.

Des listes de chœurs.

Des rotations manuscrites.

Et un bulletin plastifié de cet hiver-là, plié sur les bords.

Elle s'arrêta.

Là, sur une photo prise devant la chapelle – des enfants en couronnes de fleurs, tenant des bougies, les yeux brillants d'émerveillement hivernal – se trouvait une fille près de l'arrière.

Pas de nom pour l'enfant.

Juste un visage.

Manteau foncé.

Les bras croisés.

Expression serrée.

Les yeux qui ne regardaient pas la caméra, mais qui regardaient à côté.

Evie se pencha.

« Elle n'a pas l'air de vouloir être là. »

Gillian fit un vague bruit.

« Ah. Celle-là. »

Elle agita la main.

« La famille a quitté la ville peu de temps après. Je ne me souviens pas du nom. Agnès était très préoccupée, bien sûr. Elle s'est... attachée. »

Grace s'approcha.

« Vous souvenez-vous de quelque chose d'elle ? »

« Pas vraiment. Une de ces gamins qui planaient toujours à la limite du groupe.

Elle ne parlait pas beaucoup.

Elle portait le même manteau tout le temps.

Je pense que c'était de seconde main. »

Evie regarda la photo de plus près.

« Avez-vous encore la clé de la chapelle ? » demanda-t-elle, trop nonchalamment.

Gillian se raidit.

« Je vous l'ai dit. Je l'ai rendu à Agnès.

« C'est vrai », a dit Evie.

« Bien sûr. »

***

Elles sont parties peu de temps après.

La photo, copiée et pliée dans le carnet d'Annabel, les accompagnait.

Ainsi que le souvenir des yeux de cette fille.

Immobile. Sans sourire. Attentive.

Chapitre 15

La chaleur de la boulangerie de Mira frappa Grace comme un câlin dont elle ne savait pas qu'elle avait besoin.

Ça sentait la cannelle et la levure et quelque chose de légèrement floral - le genre de parfum que vous ne pouviez pas nommer mais que vous avez toujours voulu dans votre cuisine.

Rosie était assise à la petite table d'angle, coloriant un ange en papier, la langue pendante de concentration.

Grace offrit un sourire et fit signe à Mira derrière le comptoir.

« Juste pour un pain. Si je reste, je me retrouverai avec la moitié de la boutique. »

« Comme tu le devrais », répondit Mira, les yeux pétillants.

Pendant qu'elle emballait un pain levain aux graines, Mira discutait du temps, des pénuries de cire de bougie, du bruit de la chorale comme des oies étranglées lors de la dernière répétition.

Puis elle soupira doucement.

« Agnès me manque déjà. »

Grace hocha la tête.

« Elle était spéciale. »

Mira baissa légèrement la voix, jetant un coup d'œil à Rosie.

« Elle se souciait tellement de tout. Surtout pour les enfants. »

Elle s'arrêta. Puis ajouta, plus pour le pain que pour Grace :

« Elle n'a jamais lâché cette fille.

Celle qui a quitté le Cercle tout d'un coup.

Elle a dit que quelque chose n'allait pas.

Des années plus tard, elle n'arrêtait pas de me contacter pour me demander si j'avais des nouvelles de la famille. »

Grace cligna des yeux.

« Quelle famille ? »

Mira secoua la tête.

« Ils ont bougé, je pense. Juste... parti.

Mais Agnès n'a jamais cru que c'était aussi simple.

Elle avait l'habitude de dire : *'Certains perce-neige fleurissent une fois et disparaissent. Mais pas parce qu'ils le voulaient.'* »

Les doigts de Grace se resserrèrent autour du sac en papier.

« N'a-t-elle jamais mentionné son nom ? »

« Non. Juste ses yeux. Elle a dit qu'ils n'avaient jamais regardé où elle était, seulement à travers elle. »

Grace déglutit.

« Merci, Mira. Je vais... Je vous verrai bientôt.

Elle partit, le cœur battant derrière ses côtes comme une seconde horloge.

***

Plus tard dans la soirée, à Honeystone Cottage, elle raconta tout à Annabel et à Evie.

Annabel a sorti la photo.

Evie tapota le visage de la jeune fille avec un crayon.

« Nous trouvons le nom.

Nous trouvons la fille. »

Elle regarda Grace.

« On sait que c'était en 2015. »

Grace hocha la tête.

Evie se leva.

« Elle n'est plus une enfant.

Si elle est ici... Elle cache quelque chose.

Chapitre 16

Elles étaient encore en train de trier les cartons d'Agnès quand Perséphone décida qu'elle en avait assez d'être ignorée.

Elle sauta sur la table, renifla un tas de parchemin parfumé au pin, puis se dirigea vers un coin du couvercle en carton.

Puis elle s'arrêta.

Regarda.

Et elle tendit une patte, frappant délicatement le coin plié d'une enveloppe d'artisanat en forme de perce-neige jusqu'à ce qu'elle se retourne.

À l'intérieur se trouvait une seule petite étiquette nominative - plastifiée, conservée.

Papier vert doux.

L'écriture d'Agnès.

Lettres enroulées avec des boucles soignées.

« Lissie. »

Annabel se figea.

« Bonne fille », murmura-t-elle.

Evie se pencha ; Sourcils froncés.

« Ce n'est sur aucune des listes officielles. J'ai vérifié. »

Grace s'agenouilla près de la table, touchant doucement le coin.

« On dirait que c'est un sobriquet. Pas un nom formel. Peut-être quelque chose que seule Agnès a utilisé. »

« Ou quelque chose *qu'elle* a demandé à Agnès d'utiliser », dit doucement Annabel.

Perséphone fixa l'étiquette, sa queue se contractant une fois comme un avertissement.

Evie se leva, la tension aiguisant ses mots.

« Alors nous découvrons qui était Lissie.

Avant qu'elle ne disparaisse à nouveau. »

Chapitre 17

La bibliothèque du village sentait le vieux papier et le café frais.

Theo était derrière le bureau des retours, les écouteurs à la main, scannant méthodiquement les codes-barres et empilant les livres comme des vérités trop nettes pour être dites à haute voix.

Grace planait près des étagères de référence.

Annabel lui fit un petit signe de tête.

« Théo ? » demanda-t-elle doucement.

Il leva les yeux, surpris, en sortant un écouteur.

« Oh, Mlle Grace. Salut. »

« Salut. Avez-vous une minute ? »

Il jeta un coup d'œil à l'horloge silencieuse près de la section des gros caractères. « Oui. Une pause dans cinq minutes, en fait. »

Ils trouvèrent un coin près des hautes fenêtres. Evie resta appuyée contre une étagère à proximité – pas tout à fait menaçante, pas tout à fait le contraire non plus.

Annabel ouvrit son carnet. Elle glissa la photo du Cercle les perce-neiges.

« Vous souvenez-vous du cercle les perce-neiges ? En 2015 ? »

Theo hocha lentement la tête.

« Oui. J'avais sept ans. Je me souviens d'Agnès... et de l'artisanat. La promenade aux bougies.

Nous avons fabriqué les pires guirlandes de perce-neige cette année-là. Les miens ressemblaient à des oignons. »

Grace sourit faiblement.

« Vous souvenez-vous d'une fille nommée Lissie ? »

C'est à ce moment-là que l'expression de ses yeux changea.

Pas de la peur.

Pas de confusion.

Quelque chose de plus proche à du regret.

« Oui », a-t-il dit doucement.

« Lissie. »

***

Il n'a pas parlé pendant quelques secondes. Il regarda juste par la fenêtre comme si le passé était assis dehors sur le banc, vêtu d'un manteau bouffant et d'un chapeau de laine.

« Elle était silencieuse.

Comme si... Elle ne voulait pas être là, mais elle voulait essayer.

Ses mains tremblaient toujours quand nous faisions de l'artisanat. Je m'en souviens. »

« Vous souvenez-vous de son nom de famille ? » demanda doucement Annabel.

Théo secoua la tête.

« Je ne l'ai jamais su. Nous n'avons pas utilisé de noms de famille dans le Cercle.

Juste nos prénoms et les sobriquets les perce-neiges.

Agnès m'a donné le sobriquet « Frostleaf ».

Il rougit légèrement.

« Je détestais ça. Mais Lissie... elle aimait le sien. »

« Lequel ? » demanda Grace.

« Whisperbell. »

Il sourit, petit et triste.

« Elle avait dit que cela ressemblait à un secret que personne ne pouvait briser. »

La voix d'Evie venait de derrière l'étagère.

« Est-ce qu'il lui est arrivé quelque chose, Théo ? »

Il ne détourna pas le regard de la fenêtre.

« Un jour, elle a cessé de venir.

Agnès nous a dit que sa famille avait dû déménager soudainement. »

Une pause.

« Mais Agnès était... bizarre après ça.

Comme si elle attendait toujours qu'elle revienne. Elle a continué à vérifier les inscriptions au Cercle chaque année.

Elle m'a même demandé une fois, trois ans plus tard, si j'avais eu des nouvelles de Whisperbell. »

Il baissa les yeux. « Je n'en avait pas.
Je n'ai jamais eu. »

***

Elles l'ont remercié. Tranquillement.

En sortant, Grace serra le dossier
contre sa poitrine.

« Whisperbell », murmura-t-elle.

« Un secret de perce-neige. »

Evie leva les yeux vers le ciel gris.

« Elle avait un sobriquet.

Elle avait peur.

Et maintenant... on a une piste. »

Chapitre 18

Elles ont trouvé Nora dans son abri de jardin, où elle rempotait agressivement quelque chose dans un seau en étain surdimensionné.

Perséphone était assise sur le rebord de la fenêtre derrière elle, la queue soigneusement recroquevillée, les yeux sans cligner.

« Qu'est-ce que vous faites toutes, à creuser en hiver comme des blaireaux ? »

« Des recherches historiques », dit Annabel doucement.

« Sur quoi ? »

« Rotation des logements dans le village. Il y a environ 10 ans, donc vers 2015 », a ajouté Grace.

« Oh, c'est vraiment excitant », renifla Nora.

« J'espère qu'il y a un prix en jeu. »

***

Elle posa sa truelle et enleva ses gants, les conduisant à l'intérieur de la cuisine – qui sentait les biscuits au citron et la moindre suspicion.

Sous un torchon dans le buffet, elle a produit *Le Livre.*

« Ce n'est pas officiel, évidemment », a-t-elle déclaré.

« Mais quand les gens déménagent soudainement, il est utile de savoir qui devait quoi à la vente de bric-à-brac. »

Elle est passée à la section 2015.

« Voyons voir... Meredith a vendu sa maison au printemps, mais c'était prévu - son troisième mari détestait les jonquilles.

Et... ah. *Ici.* Celui-ci est drôle. »

Son doigt se posa sur une ligne :

« Numéro 7, Mulberry Lane – Locataire : Harper. A déménagé en mars 2015. Soudain. Pas de préavis. Pas de réexpédition. »

« C'était étrange », a déclaré Nora en tapotant la marge.

« Mère célibataire. Jeune. Renfermée sur elle-même. Elle avait une petite fille. Silencieuse.

Je ne peux pas me souvenir de leurs prénoms – c'était toujours *la fille Harper*'. »

Evie se raidit.

« Quelqu'un savait-il pourquoi elles sont parties ? »

Nora se pencha comme un chat sur le point de renverser un vase.

« La rumeur disait que le propriétaire en avait assez. Quelque chose à propos de paiements manqués, de la police qui avait frappé une fois, je ne sais pas. »

« Mais je me souviens d'Agnès... Elle était bouleversée. Pas le genre de

191

contrariété que vous pouvez résoudre avec du thé. »

Le cœur d'Annabel battait maintenant la chamade.

« La petite fille est-elle allée au Cercle les perce-neiges ? »

« Chaque semaine », a déclaré Nora. « Jusqu'à ce qu'elle ne le fasse plus.

Et vous savez ce qui est drôle ? »

Personne ne respirait.

« Agnès m'a donné une couronne de perce-neige pour qu'elle la lui livre le lendemain de leur départ.

Elle ne pensait pas qu'elles viendraient au cortège final. »

Elle a dit : « *Elle mérite de s'épanouir, même si personne n'est là pour la voir.* »

Chapitre 19

La maison du numéro 7 de Mulberry Lane avait l'air d'avoir été poliment nettoyée de l'histoire.

Nouveaux rideaux. Peinture fraîche. Pas de fantômes visibles.

Mais Annabel le savait : les fantômes se cachaient toujours sous le plancher ou dans les regards entre voisins.

Elles ont frappé à la porte du voisin n° 9– un cottage bien rangé avec un canard en céramique dans le parterre de fleurs.

Une femme vêtue d'un cardigan bleu cobalt a répondu, serrant une tasse sur laquelle était *imprimé* « Let it Scone ».

« Puis-je vous aider ? »

« Bonjour ! » Dit Annabel avec vivacité. « Nous faisons un peu de recherche sur l'histoire du village. On examine les tendances migratoires – les familles qui ont déménagé au cours des dix dernières années. »

« Oh, vous faites partie du conseil local ? »

« Non, juste... curieuse », sourit Grace. « Surtout à propos de cette rue. On dirait un endroit calme. »

La femme se détendit.

« Eh bien, c'est maintenant », a-t-elle dit. « Avant, c'était plus vivant.

Le numéro 7 avait une famille, aux environs de 2015.

Jeune mère. Fille tranquille. Elle ne recevait pas beaucoup de visiteurs. »

« Vous souvenez-vous de leurs noms ? » demanda doucement Annabel.

« La maman était Harper, je pense. Prénom... Claire ? Clara ? Quelque chose comme ça. La petite fille était timide. Elle ne voulait parler à personne d'autre qu'à cette dame de chœur, Agnès, n'est-ce pas ? »

Elles hochèrent tous la tête.

La femme prit une gorgée de son thé.

« Puis un jour, pouf. Parties.

Elles ont pris leurs affaires et sont parties dans la nuit.

Le propriétaire était furieux. Il avait dit que le loyer était en retard, mais... Je ne sais pas. »

« Pourquoi dites-vous cela ? » a demandé Evie.

La femme baissa la voix.

« Il y avait... des bruits. Des arguments. Une ou deux fois, j'ai cru entendre des pleurs tard le soir.

Et une nuit, une voiture s'est arrêtée et quelqu'un criait. Pas elle, cependant.

Elle est restée là sur le marchepied. »
Une pause.

« La petite fille tenait une couronne de fleurs en papier. Elle ne voulait pas la quitter. »

Chapitre 20

La chapelle sentait la pierre, la cire de bougie et un silence si vieux qu'il avait son propre poids.

Le révérend Harrow les rencontra à la porte de la sacristie, les manches retroussées, les lunettes perchées à mi-chemin de son nez.

« Mademoiselle Grace. Mlle Annabel. Je suppose que ce n'est pas seulement pour la foire d'histoire ? »

Annabel fit un petit sourire.

« Nous sommes... en train de faire une recherche de famille. À partir de 2015. Harper. Claire, et une petite fille. »

Le vicaire ne cligna pas des yeux. Il recula et fit un geste en direction de l'armoire de dossiers.

« Voyons ce dont les murs se souviennent. »

***

Le registre était épais. Relié en cuir souple.

Les pages chuchotaient quand on les tournait, minces et respectueuses.

Il est passé à la section 2015.

Il a passé son doigt le long d'une colonne. Puis s'est arrêté.

« Claire Harper. Elle fréquenta brièvement la paroisse cet hiver-là. Pas de baptême, mais elle a inscrit sa fille pour la bénédiction du gui. »

Il tourna la page.

« Ici. »

C'était là.

Nom de l'enfant : *Elisabetta May Harper*

Nom préféré : *Lissie*

Remarque : *«A demandé à être répertorié sous le pseudo. A insisté.*

Grace lisait les mots encore et encore, comme s'ils disparaîtraient si elle clignait des yeux.

« Elisabetta », murmura-t-elle.

« Elle n'a pas simplement disparu. Elle existait. Elle *a demandé* à ce qu'on se souvienne d'elle d'une certaine manière. »

« Elle se tenait là », dit doucement le vicaire. » Une petite chose. Elle a agrippé la main de sa mère comme si elle avait peur que l'air ne l'emporte. »

Annabel traça le bord de l'entrée avec son doigt.

C'était juste de l'encre sur du parchemin. Mais c'était comme *une bouée de sauvetage, vers le passé.*

« S'est-il passé quelque chose ? » a-t-elle demandé.

Le révérend Harrow resta silencieux pendant un long moment.

Puis il a dit : « Claire Harper est venue me voir une fois.

Elle a demandé si la chapelle offrait une sorte de... sanctuaire. »

« Sanctuaire ? » Grace fit écho.

« Elle a dit qu'elle avait peur. Elle n'a pas dit de quoi. Ou de qui.

Juste qu'elle avait besoin d'un endroit sûr.

Je lui ai dit qu'elle serait toujours la bienvenue ici. »

Il ferma le livre en douceur.

« Mais deux jours plus tard... Elles étaient parties. »

***

Dehors, le vent soufflait dans le cimetière.

Les perce-neiges n'étaient pas encore en fleurs, mais le sol savait qu'ils arrivaient.

Perséphone était assise juste derrière la porte de la chapelle, fixant les marches de pierre.

Elle ne bougea pas quand elles sortirent.

Elle n'a fait qu'effleurer sa queue une fois – un geste qui ressemblait à de la ponctuation.

Grace parla la première à voix basse.

« Pensez-vous que Benedict le sache ? »

Annabel fronça les sourcils.

« C'est peut-être une coïncidence. Harper n'est pas rare. »

« Mais c'est Little Firling. Nous ne nous noyons pas dans Harpers.

Elle s'arrêta. Elle a regardé en bas le chemin de la chapelle.

« Agnès a essayé de l'aider. Elle a demandé l'asile. »

La gorge d'Annabel se serra.

« Elle l'a donné. De toutes les manières possibles. »

Elles retournèrent vers le village en silence, chacune emportant quelque chose de nouveau :

Un nom. Un chagrin. Un but.

Et peut-être – juste peut-être – une fille qui n'arrêtait jamais de chuchoter.

Chapitre 21

Benedict Harper vivait dans un étroit cottage en briques rouges avec du lierre grimpant à l'avant comme s'il cherchait quelque chose.

Les rideaux étaient toujours tirés juste assez pour empêcher le monde d'entrer, mais jamais au point qu'il ne puisse pas voir le monde essayer de regarder à l'intérieur.

Il ouvrit la porte avec un léger sourire quand Annabel et Grace parurent.

« Je ne m'attendais pas à recevoir des visiteurs », a-t-il dit. « Mais vous avez cette expression qui dit qu'il ne s'agit pas de ventes de confitures ou d'échanges d'herbes. »

« Nous espérions que vous auriez un moment », a dit Grace.

« Bien sûr. Entrez. »

***

Sa maison était calme. Propre. Des livres bordaient le mur de la cheminée. Une bouilloire s'animait en arrière-plan.

Perséphone se glissa derrière eux et se pelotonna immédiatement sur le tapis, comme si elle y avait toujours appartenu là.

« De quoi s'agit-il ? » demanda Bénédict, s'installant dans le fauteuil avec une lente expiration.

« Quelque chose à voir avec Agnès, j'imagine. »

Annabel s'assit en face de lui.

« Vous souvenez-vous d'une femme nommée Claire Harper ? »

Il fronça les sourcils.

« C'est... un nom que je n'ai pas entendu depuis des années. »

Grace se pencha en avant.

« Elle vivait sur Mulberry Lane. Elle avait une fille. Elisabetta — elle préférait Lissie.

Ils sont partis soudainement en 2015.

Benedict baissa les yeux sur ses mains, silencieux pendant un moment.

« Je ne la connaissais pas bien. Je ne pense pas que nous étions apparentés. »

« L'avez-vous jamais rencontrée ? » demanda Annabel.

« Une fois. Brièvement. Lors d'une réunion à la chapelle, je pense.

Elle avait l'air fatiguée. Les traits usés.

Le genre de personne qui avait déjà fait ses valises dans sa tête même en entrant dans une pièce. »

Il déglutit difficilement.

« Je me souviens qu'Agnès lui parlait. Avec cette voix, elle qu'avait... Celle qui vous faisait vous sentir en sécurité même quand vous ne l'étiez pas.

Et puis... Elles étaient parties. »

Grace se déplaça sur son siège.

« Agnès vous a-t-elle jamais dit pourquoi elle tenait tant à elles ? »

« Pas directement. Mais je sais qu'elle a continué à vérifier. Espérant.

Je pense... Elle pensait que la fille reviendrait peut-être un jour.

Que peut-être elle franchirait les portes de la chapelle avec une couronne à la main et du pardon dans les yeux. »

Il leva les yeux.

« Pourquoi le demander maintenant ? Pourquoi me le demander ? »

Annabel hésita.

« Parce qu'Agnès a laissé un mot. Un message.

Et cela a commencé avec quelqu'un qui a utilisé sa clé.

Mais maintenant, j'ai l'impression que ça se termine avec Lissie. »

Chapitre 22

Les locataires actuels du numéro 7 venaient tout juste d'emménager le mois précédent – un couple de retraités qui restaurait le jardin.

Ils avaient trouvé la maison 'charmante', bien qu'elle ait une qualité 'étrange d'écho'.

Lorsque Grace leur a demandé poliment si elles pouvaient regarder à l'intérieur pour trouver 'quelque chose de la maison avec un intérêt d'archives pour l'histoire du village', la femme avait hoché la tête.

« C'est juste », avait-elle dit. « Cette maison bourdonne encore comme si elle retenait son souffle. »

***

À l'intérieur, le cottage était chaud, à moitié peint, encore dans ce stade à moitié installé où le passé n'avait pas tout à fait lâché prise.

Annabel se dirigea vers la vieille bibliothèque encastrée dans le couloir.

Grace vérifia l'armoire d'aération.

Evie se dirigea vers la petite chambre à l'arrière – celle d'un enfant, peut-être.

Perséphone vint aussi.

Silencieuse.

Certaine.

⁂

C'est Grace qui l'a trouvée.

Derrière la grande armoire, là où le plancher plongeait, une étroite boîte en fer blanc était coincée entre le mur et le sol. Poussiéreuse. Anonyme. Froide.

Elle la sortit doucement et appela les autres.

À l'intérieur : Un dessin froissé - une couronne de perce-neige, des pétales inégales nuancées de bleu

Un programme en papier de la répétition de la Mistletoe Procession 2015.

Et tout en bas – une photo.

La jeune fille se tenait légèrement décentrée. Ne souriant pas.

Manteau brun. Frange désordonnée. Une chaussette plus haute que l'autre.

Ses mains étaient à ses côtés – l'une tenant une petite figurine de chat, comme si elle ne s'en rendait pas compte. »

« C'est elle », souffla Annabel.

« Lissie. »

Evie la regarda fixement. Sa voix était un murmure.

« On dirait qu'elle essaie de disparaître. »

Grace releva le dessin. Les perce-neiges avaient des noms et des dates en dessous. L'un d'eux avait :

« Lissie W. »

La dernière lettre s'est estompée, mais pas assez.

« Ce n'est pas le mois de mai », a dit Annabel.

« Non », a répondu Grace. « Ce n'est pas du tout 'Mai'. »

Evie prit la photo.

« Mais c'est elle. »

***

Elles restèrent silencieuses, entourées de peinture neuve et d'un vieux chagrin.

Perséphone passa une fois sa patte sur le bord de la couronne de papier, puis se recroquevilla à côté de la boîte.

Attentive.

En attente.

Chapitre 23

La boulangerie sentait la cardamome et les amandes grillées, comme si chaque pain murmurait de la chaleur dans la grisaille de l'hiver.

Grace et Annabel entrèrent ensemble ; la photographie de Lissie glissée dans le rabat intérieur du carnet d'Annabel comme un secret entre de vieilles pages.

Mira était au comptoir, tablier saupoudré de farine, cheveux épinglés avec un crayon rouge.

Elle leva les yeux et sourit.

« De retour. Je pensais que tu serais à mi-chemin de ce pain levain maintenant. »

« Nous le rationnons soigneusement », a répondu Annabel, son sourire petit mais réel.

« Mira... Avez-vous un moment ? »

L'étincelle dans les yeux de Mira s'adoucit.

« J'ai toujours du temps pour les curieux. »

***

Elles s'assirent à la table d'angle pendant que Mira versait le thé, ses mouvements fluides et entraînés, comme si la chaleur elle-même était quelque chose que l'on pouvait façonner comme de la pâte.

Annabel posa doucement la photo sur la table entre eux.

« Nous essayons de la retrouver. Elle s'appelait Elisabetta Harper.

Elle préférait Lissie.

Elle a quitté le village en 2015.

Ou... Nous pensions qu'elle l'avait fait. »

La main de Mira, à mi-chemin de sa tasse, s'arrêta.

Elle regarda la photo.

Et puis elle dit – très doucement :

« C'est Willow. »

Grace cligna des yeux.

« Willow ? »

« Elle s'appelle Willow maintenant. Elle est revenue il y a quelques mois.

Elle m'a dit qu'elle gardait une maison.

Elle a apporté ses propres sachets de thé. Elle n'aime pas la farine de seigle.

Mais la première fois que je l'ai vue, elle tenait un biscuit perce-neige... »

Mira déglutit.

« Elle s'est figée.

Comme si elle n'était plus dans la boulangerie. »

***

Un long silence. Seulement le tintement des cuillères dans des tasses lointaines.

« Où demeure-t-elle ? » demanda doucement Annabel.

« Numéro trois. Wisteria Cottage. Juste après la vieille clôture de ronces.

Les lumières de sa fenêtre sont toujours allumées tard.

Comme quelqu'un qui attend toujours quelque chose qu'il ne croit pas arriver. »

Mira toucha le bord de la photo.

« C'est elle.

Mais elle a changé. »

« Nous aussi », a déclaré Grace.

Chapitre 24

De retour à Honeystone Cottage, la photo s'est retrouvée entre les tasses de thé comme une plaie ouverte.

Perséphone était recroquevillée près du feu, une oreille tremblante comme si elle suivait le rythme avec des pensées non exprimées.

Evie s'assit sur le bras de la chaise, les bras croisés, les yeux perçants.

« Alors, elle est revenue. Elle a changé de nom. Elle s'est installée comme si personne ne le remarquerait. »

« Elle n'est pas venue à l'enterrement d'Agnès », murmura Grace.

Annabel hocha lentement la tête.

« Et Mira a dit qu'elle s'est figée quand elle a vu un biscuit perce-neige. »

« Elle n'a pas simplement changé de nom », a déclaré Evie.

« Elle a essayé de l'enterrer. »

***

Grace regarda à nouveau la photo.

L'enfant et la femme étaient différentes, mais pas *déconnectées.*

« Pensez-vous... qu'Agnès l'a retrouvée ? »

« Si elle l'a fait », a dit Annabel, « qu'a-t-elle dit ? »

Evie regarda le feu.

« Elle a demandé l'asile en 2015.

Peut-être qu'elle est revenue pour voir si elle était toujours là. »

Grace leva les yeux.

« Ou peut-être qu'elle est revenue parce *qu'elle avait peur* qu'Agnès le dise à quelqu'un. »

Une pause.

« Si elle a fait quelque chose.

Si quelque chose *s'était passait.* »

***

Evie prit la parole ensuite. Soigneusement.

« Vous ne cachez pas votre nom à moins que vous ne cachiez quelque chose. »

« Mais tueriez-vous pour cela ? » demanda Grace.

Silence.

Seulement le crépitement du feu. Et le ronronnement doux et rythmé de Perséphone, comme un second battement de cœur.

« Ça dépend », dit finalement Annabel.

« Sur ce dont Agnès se souvenait.

Et ce que Willow ne pouvait pas supporter d'entendre à nouveau. »

Chapitre 25

C'était censé être un après-midi calme.

Willow n'avait voulu que des galettes d'avoine et la solitude.

Mais alors qu'elle sortait de la boulangerie, un sac en papier brun à la main, une voix l'appela derrière elle.

« Lissie ? »

Elle s'est figée.

On ne l'a pas crié.

Ce n'était même pas tranchant.

Juste... mou. Étonné.

Mais trop familier.

Elle se retourna lentement.

Mara.

Plus vielle maintenant. Grande. Confiante d'une manière qui fit se raidir la colonne vertébrale de Willow.

« Pardon ? » Dit Willow, d'une voix calme, même.

« Désolée », dit Mara en riant en secouant la tête. « C'est juste... ces yeux.

Tu ressembles à quelqu'un que j'ai connu quand nous étions enfants. »

Willow sourit, serrée, polie, tout en bords.

« Visage commun, je suppose. »

« Non... Ce n'est pas le cas. » Mara inclina la tête.

« Avant, tu dessinais les perce-neiges à cinq pétales.

Toujours cinq. Tu avais dit que le sixième ne portait pas de la chance. »

Willow agrippa le sac en papier plus fort.

« Je pense que tu t'es trompée. »

Le sourire de Mara s'estompa légèrement.

« Où loges-tu ? Connais-tu quelqu'un dans le village ? »

« Je fais du garde à domicile. C'est tout. »

« Mariée ? »

Willow cligna des yeux.

« Pourquoi ? »

« Je me demande juste si quelqu'un... sait que tu es de retour. »

Un silence s'étendit entre eux.

Et puis Willow se retourna.

S'éloigna.

Rapidement.

Trop vite.

Mara la regarda partir.

Puis a fouillé dans la poche de son manteau, en a sorti son téléphone...

Et a ouvert ses messages.

À : Grace

« *Elle est là. Et elle se souvient de plus qu'elle ne veut l'admettre.* »

Chapitre 26

Certaines personnes pensent que vous changez de nom et c'est la partie la plus difficile.

Ce n'est pas le cas.

Le plus difficile est *d'entendre à nouveau votre ancien nom.*

De quelqu'un dont la voix partageait autrefois les mêmes ciseaux en papier, le même sol froid, la même chanson de chorale.

Le plus difficile est *de se rappeler ce que signifiait votre nom.*

Avant, c'était un secret.

***

Willow était assise au bord du lit dans Wisteria Cottage.

Elle n'avait pas allumé la lumière.

Le sac en papier de la boulangerie était à côté d'elle, sans être ouvert.

Son manteau était toujours en place.

Ses mains étaient glacées.

Elle entendait encore la voix de Mara.

« Avant, tu dessinais les perce-neiges à cinq pétales. »

Elle avait l'habitude de le faire.

Elle croyait aussi que le nom de sa mère était Claire.

***

Mais Claire Harper n'était pas sa mère.

Willow le savait maintenant.

Elle n'était pas sûre de quand elle l'avait *su pour la première fois*, mais c'était une connaissance qui avait grandi comme une écharde sous la peau – petite, douloureuse et impossible à ignorer une fois qu'elle avait atteint l'os.

Claire n'était pas cruelle. Pas exactement. Mais elle avait *gardé des secrets comme des serrures.*

Et *a aimé avec des règles.*

Et *est partie dans la nuit sans jamais dire pourquoi.*

***

Agnès avait été différente.

Agnès l'avait vue. Même quand elle ne voulait pas être vue.

Agnès fabriquait les perce-neiges avec du papier et des mots.

Elle avait dit une fois : *« Certaines personnes s'épanouissent une fois et pensent que c'est tout ce qu'elles obtiendront. Mais l'hiver finit toujours, ma chérie. »*

Willow l'avait crue. Pendant un moment.

Jusqu'à ce que les lettres commencent.

Jusqu'à ce que les questions reviennent.

Jusqu'à ce qu'elle soit de retour dans la chapelle, *juste pour voir si elle se souvenait d'elle.*

Et *Agnès attendait.*

***

Elle ne l'avait pas menacée.

Elle avait dit qu'*elle savait.*

Et *elle l'a pardonné.*

Et *que Willow n'avait pas à continuer à courir.*

Mais quelqu'un d'autre écoutait.

Quelqu'un *qui ne voulait pas de pardon.*

***

Les mains de Willow tremblaient maintenant alors qu'elle déballait le sac en papier.

Les galettes d'avoine se sont légèrement effritées sur ses genoux.

Dehors, le vent dérangeait les volets du chalet.

À l'intérieur, elle finit par murmurer son propre nom.

« Lissie. »

Cela ne ressemblait pas à de la culpabilité.

Cela ressemblait à *un deuil.*

***

Willow s'assit sur le banc sous le hêtre, un carnet de croquis sur ses genoux.

Elle ne dessinait pas de fleurs cette fois-ci.

Elle dessinait *un couloir. Étroit. Froid. Avec du papier peint qui s'est décollé dans les coins.*

Ses doigts travaillaient en silence, mais sa respiration était serrée.

Une ombre passa derrière elle.

Pas proche.

Ne s'attardant pas.

Juste... là.

Marian Pettifer.

Portant un panier tressé, un bouquet de romarin caché sous son bras.

Elle ne parlait pas.

Elle n'a jeté qu'un coup d'œil – au carnet de croquis – et a continué à marcher.

Mais ses yeux restèrent fixés trop longtemps.

Et son visage n'a jamais changé.

Willow ne le remarqua pas.

Mais Perséphone, assise à quelques mètres de là, donna un coup de queue.

Comme la ponctuation.

Chapitre 27

Willow dessinait à nouveau.

Cette fois, c'était un visage.

Pas clair.

Pas précis.

Mais familier dans la mesure où *une odeur peut briser un souvenir.*

Mâchoire molle. Bouche fine.

Cheveux attachés en arrière avec un ruban bleu marine.

Et une main – tendant un biscuit.

Souriante.

***

Dehors, l'air n'était pas bon.

Immobile.

Trop immobile.

Comme la pause avant qu'une page ne se tourne.

Perséphone était assise sur le rebord de la fenêtre.

Attentive.

Queue recourbée serrée.

Puis, elle se laissa tomber et se dirigea vers la porte.

Un coup.

Mou. Rythmique. Familier.

Willow ouvrit la porte.

***

Marian Pettifer se tenait là, dans son manteau gris tourterelle.

Pas de panier aujourd'hui.

Seulement des gants, propres.

Et une écharpe trop parfaitement pliée.

« Bonjour, ma chère. J'étais juste... de passage.

Je t'ai vue dessiner l'autre jour. »

Willow ne répondit pas.

Mais sa main s'enroula autour du crayon derrière son dos.

« Je me souviens de l'époque où tu dessinais. Même à l'époque, tu incluais tellement de... détails.

Tant de mémoire au bout de tes doigts. »

« Tu m'as observée », murmura Willow.

« Je t'ai protégée. » La voix de Marian était une berceuse bordée de givre.

« Des gens qui ne te méritaient pas. »

« Tu m'as prise », a déclaré Willow.

« Vous l'avez aidée. »

« Tu souffrais. Et je t'ai donné la paix. »

« Et puis... Agnès voulait tout ramener. »

Elle s'avança.

« Je ne pouvais pas la laisser tout gâcher. Pas après toutes ces années. Pas après tout ce que j'ai donné. »

Willow recula.

« Tu l'as tuée. »

Marian ne cligna pas des yeux.

« Je l'ai laissée dormir.

J'ai laissé le froid faire le reste.

Je l'ai laissée avec les perce-neiges. »

Sa main se glissa dans la poche de son manteau.

Quelque chose scintillait – petit, argenté.

Une seringue.

***

Mais avant qu'elle ne puisse bouger…

« Arrête-toi là. »

La voix de Grace traversa la porte comme des cloches avant l'aube.

Derrière elle, Annabel. Et Evie.

Et Perséphone, perchée sur le seuil.

Grognant.

***

Les yeux de Marian passèrent de Willow aux femmes.

Puis au sol.

Elle sourit.

C'était presque affectueuse.

« Vous ne comprendriez pas.

Elle s'épanouissait à nouveau.

Et je ne pouvais pas la laisser s'épanouir mal. »

***

La police est arrivée tranquillement.

Barbara n'est jamais sortie de la maison ce jour-là.

Mais le lendemain matin, le maire a démissionné.

Et un nouveau bouquet a été déposé sur les marches de la chapelle.

Perce-neige en papier.

Plié par Willow.

Chacun avec six pétales.

Épilogue

La neige est arrivée tard cette année-là.

Il saupoudrait les toits de Little Firling comme du sucre en poudre, se déposant entre les cheminées des chalets et les pierres tombales silencieuses.

Sur les marches de la chapelle, quelqu'un avait placé *un seul perce-neige dans* un bocal. Pas de nom. Pas de carte. Juste la vérité.

À l'intérieur de Honeystone Cottage, le feu crépitait doucement.

***

« Le rapport est arrivé ce matin », dit Grace en posant l'enveloppe sur la table.

« Nom complet : Marian Pettifer. Cinquante-neuf. Ancienne agente de protection de l'enfance. Sœur de Barbara Ellington. »

Annabel versa du thé.

Evie croisa les bras, la mâchoire serrée.

« Elle avait pris une retraite anticipée. Aucune accusation, mais le département l'a classée sous la rubrique ' préoccupations du respect des limites'. »

Ils ont dit qu'elle s'était trop rapprochée de quelques cas.

Grace lut à haute voix :

« En 2009, elle a pris contact avec une femme nommée Claire, qui s'était vu refuser le droit d'adoption après de multiples évaluations infructueuses.

Claire 'voulait un enfant plus que tout'.

Marian voulait sauver un enfant d'un foyer brisé. »

« Alors, ils l'ont enlevée », dit Annabel doucement.

« Ils l'ont amenée ici. Claire a changé de nom. Marian a falsifié des registres. Ils ont dit à Willow qu'elle avait toujours vécu à Little Firling. Que ses souvenirs n'étaient que des rêves. »

***

Evie expira.

« Et Marian croyait qu'elle avait fait une bonne chose. »

« Jusqu'à ce que Willow revienne. Et qu'Agnès a commencé à essayer de renouer avec elle. »

Elles s'assirent en silence.

Même Perséphone, recroquevillée contre la fenêtre, était immobile.

***

Dehors, les cloches de la chapelle sonnaient.

Elles s'y rendirent ensemble.

Willow se tenait près de la statue de la Vierge, une couronne de perce-neige fraîche dans ses mains.

Son carnet de croquis sous un bras.

Elle se retourna quand elles s'approchèrent.

Puis sourit.

« Elle m'appelait Lissie », a-t-elle dit doucement.

« Mais je pense que je m'appelle Willow.

C'est le nom que je me suis donné.

C'est celui que je veux garder. »

Grace lui tendit la main.

« Alors c'est ce que vous êtes. »

***

Barbara Ellington avait quitté le village.

Personne n'a dit grand-chose.

Sa maison était vide, mais des fleurs apparaissaient sur ses marches tous les quelques jours.

Le pardon, peut-être. Ou la culpabilité.

****

La lettre était maintenant soigneusement pliée.

Pas de plis. Pas de larmes.

Elle l'avait lu trois fois ce matin-là...

Et cela ne semblait toujours pas réel.

Grace était assise sur le banc derrière la chapelle, l'écharpe sous le menton, le papier serré dans des gants de laine. La neige avait commencé à fondre par petites plaques, révélant l'herbe gelée en dessous.

Elle entendait des voix venant du green. Un enfant qui rit. Une porte qui se referme doucement.

Mais ici, dans le silence, elle s'est laissée prendre sa respiration.

« On avait besoin de toi », avait écrit Agnès.

Pas seulement une gentillesse.

Pas seulement une phrase.

Une *correction* de quelque chose qui avait vécu en elle trop longtemps.

Au fil des ans, on lui avait dit que son père n'avait pas été « dans le coup ».

Qu'il était parti. Qu'il ne savait pas quoi faire d'un bébé.

« C'était un homme bon, mais il n'était pas prêt », ont-ils dit.

« Certaines personnes partent juste... »

Alors, elle a appris à ne pas demander.

Mais elle a aussi appris – tranquillement, cruellement – à croire qu'*elle n'était pas assez pour que quelqu'un reste.*

Et que peut-être, juste peut-être, *elle n'en valait pas la peine.*

Mais cette lettre...

Agnès ne l'avait pas dit avec pitié.

Elle l'avait dit en *connaissance de cause.*

« On rêvait de toi. »

Grace baissa de nouveau les yeux.

Agnès savait quelque chose.

Pas tout, peut-être...

Mais *assez pour le porter comme une prière.* Et cette ligne...

« Certaines choses fleurissent une fois et ne cessent jamais de résonner. »

Elle s'essuya le visage sur sa manche.

Elle n'était plus un secret.

Elle n'était pas un regret.

Elle était un perce-neige.

Et elle s'épanouissait enfin à nouveau.

***

Le carnet de croquis était ouvert sur la table.

Elle n'avait pas eu l'intention de la dessiner.

C'est juste arrivé.

Une pièce qu'elle n'avait pas vue depuis des années. Une fenêtre avec un rideau trop court. Une porte avec trois serrures, même si elle était à l'intérieur de la maison.

Elle regarda les lignes pendant un long moment.

Elle n'avait pas peur. Plus maintenant.

En face d'elle, Perséphone l'observait depuis le rebord de la fenêtre.

Battement de queue. Les yeux à demi fermés.

Comme pour dire : *« Eh bien, il était temps. »*

Willow sourit faiblement.

« Je m'en souviens maintenant. »

La voix qui lui disait de se taire.

Celle qui lui a dit qu'elle avait de la chance.

Celle qui disait que le passé n'était pas important.

Ce n'était pas la voix de Claire.

C'était celle de Marian.

« Tu étais censée être en sécurité », avait murmuré Marian.

« Tu étais censé rester cachée. »

Mais la sécurité avait semblé diminuer.

Et je ne me suis jamais sentie chez moi.

Willow baissa les yeux sur la page.

Elle prit son crayon.

Et à côté de la porte avec les serrures, elle dessina une nouvelle fenêtre.

Plus grande. Brillante. Ouverte.

***

« Je m'appelle Willow », murmura-t-elle pour elle-même.

« Et je suis à moi. »

Ce printemps-là, les couronnes de perce-neige ont été faites de six pétales.

Non pas parce qu'ils n'ont pas eu de chance.

Mais parce qu'ils ont dit toute la vérité.

Et cette année-là, le cortège marchait plus lentement.

Pas en deuil.

Mais dans la révérence.

Parce que *parfois, les histoires les plus calmes sont celles qui fleurissent le plus fort à la fin.*

***

Honeystone Cottage sentait la cannelle, l'écorce d'orange et quelque chose de légèrement brûlé.

« Je t'avais dit que le four était chaud », marmonna Annabel en agitant un torchon vers le détecteur de fumée.

« Il n'aime pas les tartes de viandes hachées. »

« Les tartes sont parfaites », a déclaré Evie, mordant déjà dans l'une d'elles, la bouche pleine. » Croquant à l'extérieur, rébellion à l'intérieur. Juste comme nous. »

Annabel leva les yeux au ciel mais sourit, se laissant finalement s'asseoir.

Perséphone a fait un grand bond du fauteuil au centre de la table, a renversé une pomme de pin, a reniflé la couronne et s'est effondrée de façon spectaculaire sur le seul napperon propre.

« Absolument pas », a déclaré Annabel. « Tu n'*es pas* la pièce maîtresse. »

Perséphone cligna des yeux. Lentement. Comme une reine qui ne se soucie pas des plaintes de simples paysans.

« Elle est le mystère non résolu dans cette maison », a déclaré Evie en caressant la tête de la chatte. « Et je ne suis pas sûre que nous l'attraperons un jour. »

Dehors, la neige tombait doucement et lentement, comme si quelqu'un s'était souvenu d'être doux.

À l'intérieur, le feu crépitait.

Willow s'était arrêtée plus tôt, juste le temps de leur laisser un croquis : un seul perce-neige fleurissant sur le rebord d'une fenêtre.

Il était maintenant encadré sur la cheminée.

****

« Nous avons vu beaucoup de choses cette année », a dit Annabel doucement.

« Plus que ce à quoi je m'attendais lorsque j'ai planté des tomates au printemps dernier. »

« Et pourtant, nous y sommes », répondit Evie en levant sa tasse de thé.

« Vivantes. Démêlées. Et en possession de douze tartes de viandes hachées supplémentaires. »

« Dix », corrigea Annabel.

« Cinq », admit Evie.

Elles rirent toutes les deux.

Perséphone ronronna.

Et quelque part dehors, dans le calme du village, une cloche a sonné – non pas pour avertir ou pleurer cette fois, mais simplement pour dire : *nous avons réussi.*

www.ingramcontent.com/pod-product-compliance
Lightning Source LLC
Chambersburg PA
CBHW031023310726
48969CB00007B/1850